이제야, 나답게

경력단절인 엄마, 마흔이 되어서야 내 모습을 찾습니다

이제야, 나답게

김민지 에세이

harmonybook

프롤로그

저는 10년 이상을 세 아이를 키우며 전업주부로 살고 있는 다둥이 엄마 입니다. 10년 동안 주부로 살면서 꼬리표처럼 달고 다닌 것은 세 아이 엄마라는 이름이었습니다. 첫째를 낳고 3개월도 채 안돼 직장으로 돌아가서 둘째를 낳을 때까지 열심히 일했습니다. 하지만 둘째 출산 전에 만삭의 몸으로 그만 둘 수 밖에 없었습니다. 이제부터 아이 둘을 본격적으로 키울 사람은 저밖에 없었으니까요. 처음에는 매일 출근을 하지 않아도 되고 아이와 많은 시간을 보낼 수 있어서 좋았습니다. 하지만 현실에서는 내 이름으로 신용카드 한 장 만들기 힘든 사람이었죠. 경제적인 모든 일은 남편 이름으로만 가능했고 누가 뭐라는 사람은 없었지만 스스로가 초라해지고 우울해졌습니다. 마지막으로 셋째를 낳고 어린이 집에 갈 무렵, 마흔을 앞두고 있다는 사실에 마음이 몹시 흔들렸어요. 마흔이면 이력서를 받아주는 곳이 없습니다. 더 이상 일을 시작할 수 있는 나이가 아니라는 청천벽력과도 같은 선고를 받는 느낌이었어요. 할 수 있는 일은 없었고 그 동안 아무것도 하지 않은 제 자신이 한심했습니다. 그렇게 혼자 수렁에 빠져 허우적거리던 기간이 있었습니다. 6년간 경력 단절로 제가 할 수 있는 일이 있기는 한 걸까요? 파트타임강사, 방과후교사, 그밖에 아르바이트 등. 저는 오전 시간만 여유가 있고 오후 시간에는 육아를 책임져야 해서 풀 타임 직장은 엄두도 낼 수 없었습니다. 제가 원하는 시간에 짧게 일을 할 수 있는 것 하나를 하고 싶어도 자격증이 없으면 지원조차도 할 수 없는 일이 왜 이리도 많은지. 세상으로 향하는 두터운 벽을 두드려도 열리지 않았습니다.

처음에는 도대체 무엇을 해야 할지 막막했습니다. 무엇이라도 하고 싶다는 생각을 한 제 자신을 위로해 보았지만 더 앞으로 나아가야 했어요. 그렇게 한 발자국, 두 발자국 천천히 걸어 나아갔습니다. 그렇게 걸어온 지 5년이란 시간이 훌쩍 지나갔네요. 처음에는 무언가를 다시 하고 있다는 사실 하나 만으로도 즐거웠습니다. 시간이 지날수록 나는 지금 배우는 것을 언제까지 해야 할까, 배워서 무엇을 할 수 있을까, 내가 정말 하고 싶은 일을 하는 걸까 등의 고민들을 하기 시작했습니다. 남들은 잘만 성장하고 자리를 잡는데 저 혼자 제자리에서 꼼짝하지 않고 멈춰 있는 것 같았어요. 이 시기에 버틸 수 있었던 건 글을 쓰기 시작하면서였습니다. 하루에 딱 A4용지 1장의 분량의 글을 매일 쓰기 시작했어요. 일기가 아닌 다른 사람이 본다고 생각하고 썼습니다. 아이들이 없는 아침 시간에 컴퓨터 앞에 앉아서 한 장씩 채워나갔습니다. 제 마음에 가득 차 꼭꼭 숨겨두었던 감정들과 기억들을 쏟아내었어요. 퇴고가 무엇인지, 탈고가 무엇인지, 책 출판은 어떻게 하는지 아무것도 모를 때 쓴 원고가 아직 그대로 잠자고 있지만 한 권의 분량을 가득 채운 그 글로 저는 힘을 얻었습니다. 지금도 그 글에서 아이디어를 종종 가져옵니다.

사람은 성장하는 시기가 각각 다른 것 같습니다. 빠르게 성장하는 사람이 있으면 천천히 여물어 가는 사람도 있습니다. 각자 꽃봉오리가 활짝 피는 시기가 다른 거죠. 지금 제자리에 멈춰있다고 생각이 드나요? 그래도 계속 앞으로 나아가라고 말하고 싶습니다. 바로 눈 앞에 드러나기를 기대할 수는 없지만 하루 하루 성장해 가는 나를 내 몸과 마음은 잘 알고 있으니까요. 그렇게 조금씩 성장해 온 저의 일상을 이 책에 담아보았습니다. 대단히 성공한 사람도 연 매출이 몇 천 만원을 버는 사람도 아닙니다. 다만 꾸준히 매일을 살다가 책 한 권, 두 권 내고 있고 꾸준히 배운 것을 이제서야 현실에 드러내고 있습니다. 아이가 셋이면 육아만해도 벅차 아무것도 못할 것 같지만 조금씩 해 내고 있는 다둥이 엄마를 보고 힘을 얻었으면 하는 바람으로 이 글을 썼습니다. 부디 나를 아끼고 챙기는 당신이 되기를 바랍니다.

제 인생은 특별하지 않아도
소중합니다

1. 당신은 누구세요?

"안녕하세요, 이제부터 자기 소개를 시작하겠습니다."

요즘 제 고민 중에 하나는 바로 자기 소개 하기 입니다. 그래도 20대 때는 막힘 없이 잘했던 것 같아요. 하지만 최근 들어 왜 이렇게 힘든 걸까요? 자기 소개를 시작하면 제 차례가 될 때까지 머리 속에서 여러 가지 생각이 뒤엉키기 시작합니다. 결국에는 "안녕하세요, 저는 세 아이의 엄마이고요, 만나서 반갑습니다." 라고 내뱉고 맙니다. 그러면 다른 분들의 표정에서 '그게 다야?' 라는 물음표를 하나 둘씩 읽을 수가 있어요. '더 할 말은 없어요?' 라는 눈빛으로 저를 잠시 보지만 그 눈길이 부담스러워 먼 허공으로 눈을 돌립니다. 어색한 웃음이 잠깐 흐른 뒤, 계속 다른 분들의 자기 소개가 이어집니다. '어쩌면 저렇게 말을 잘할까.'라고 넋을 놓고 듣다가 '왜 나는 저렇게 하지 못했지?'라는 후회가 밀려와 쥐구멍에라도 숨고 싶어진 적이 한두 번이 아닙니다. 예전에는 말을 곧잘 했었던 것 같은데 도대체 뭐가 문제인 걸까요?

'집에만 있어서 그런가?'
'말 할 상대가 아이들뿐이어서 그런가?'
'예전에는 프레젠테이션도 당당히 했었는데.'
'잔소리만큼 자신 있게 할 수 있는데 왜 이렇게 남들 앞에서 말하기가 어렵지?'

꼬리에 꼬리를 물며 생각하다가 최근에 알았습니다. '나'라는 사람은 생각이 많고 타인의 '시선'에서도 절대 자유롭지 못하는 사람이었다는 것을요. 젊은 사람들이 많은 모임에서는 나이, 결혼여부, 자녀의 유무를 밝히면 나를 조심스럽게 대할지도 모르고 또는 꼰대로 볼 수도 있겠다는 생각이 들었어요. 제 또래 모임에서는 결혼 전의 직업을 얘기하거나 지금은 무엇을 하고 있는지 말한다면 또 연이은 질문들로 신경이 쓰일 것 같았어요. 이런 생각들 때문에 말하기에 앞서 자꾸만 움츠러들었던 것 같습니다. 또 아이 셋 엄마라고 소개를 하면 바로 이런 말들이 따라왔던 경험도 한 몫 했습니다.

"힘들지 않으세요? 어떻게 셋이나…… 계획하신 거예요?"
"자녀분이 셋이라고요? 애국자네요."
"아이가 셋인데 책을 읽을 시간이 있어요?"
"다둥이 맘이네요. 우와, 대단하세요."

뭐라고 답을 해야 할지 몰라 그냥 조용히 웃음으로 넘긴 적
이 많았거든요. 마음 속으로 쓴웃음을 지었지만요. '칭찬인
가? 좋아해야 하나?' 물론 좋은 의미였다는 것을 잘 알고 있습
니다. 하지만 그 질문 너머에 느껴지는 '시선' 그리고 뒷말들
이 떠올라 불편한 마음을 감출 수 없었던 것 같습니다.

아이 셋에 파묻혀 '나'라는 자아는 묻어둔 채 '엄마'라는 타
이틀로 7년, 8년 즐겁게 산 것 같습니다. 아니, 즐겁고 행복한
줄 알았습니다. 하지만 저도 모르는 사이 육아에서 오는 짜증
을 고스란히 아이들에게 퍼 붓고 있는 제 자신을 보았습니다.
아이들이 잠들면 혼자 반성하며 내일은 그러지 말아야지를
반복하고 있었어요. 밤에는 잠이 오지 않아 알코올 도움 없이

는 자기 힘들기도 했어요. 그 다음 차례는 퇴근하고 돌아 온 남편이었겠죠. 하루 동안 있었던 스트레스를 다 쏟아 부어 부부 싸움도 잦았습니다. 이러다가 금방 40, 50, 60 나이만 들어갈 것 같았어요. 최근 들어 친정 엄마나 아빠와 통화를 하면 "나이가 드니 할 일이 없어.", "눈을 뜨고 아침이 되는 것이 정말 싫더라." 라는 말을 종종 듣습니다. 곧 마흔이 문 앞인데 덜컥 겁이 났습니다. 10대에서 20대로, 20대에서 30대로 넘어갈 때 느끼지 못한 두려운 감정이 마흔을 코 앞에 두고 들기 시작했어요. 그 동안 전업 주부로만 살면서 내 이름으로 카드 한 장 만들기도 쉽지 않은 현실을 다시 돌아보았습니다. 그리고 수많은 질문들이 마음 속으로 쏟아져 나왔습니다.

'지금처럼 엄마라는 이름으로 계속 살고 싶어?'
'누구의 아내, 누구의 며느리, 누구의 딸로 만족하는 거야?'
'아이들이 더 이상 내 손을 필요하지 않으면 무엇을 할 거야?'
'너에게 돈을 벌 수 있는 시간이 많이 남았어?'
'경력 단절 여성에게 육아 10년을 경력으로 인정 해 준대?'
'나중에 돈 걱정 안하고 살 수는 있을까?'
'너도 일하는 직장 여성이었는데 뭐가 그렇게 두려운 거지?'

급한 마음에 구직 사이트, 여성 재취업을 위한 사이트, 문화 센터 등 일할 수 있는 곳을 찾기 시작했습니다. 일자리를 찾으면서 우선시 하는 것들이 있었어요. 첫 번째는 아이들이었고 두 번째는 시간이었습니다.

첫째, 풀 타임 일을 할 수 없다.
둘째, 아이를 남의 손에 맡기지 않고 되도록이면 내가 돌보고 싶다.
셋째, 최대한 재택근무여야 한다.

세상은 넓고 할 일은 많지만 이런 까다로운 조건을 통과할 만한 일이 과연 있을까요? 취업 사이트를 보면 볼수록 눈 앞에 펼쳐지는 '현실'은 도전하고자 하는 마음을 부끄럽게 할 정도였죠. 제 자신이 아무 것도 모르고 덤비는 아이 같았습니다. 문득 경력단절이 된지도 5년 이상 되어가고 어떤 일도 전문적으로 하지 못하면서 욕심만 앞서지 않았나라는 생각이 들었어요. 무작정 달려들 일이 아니었죠. 내가 좋아하는 일은 무엇이고, 잘하는 것은 어떤 것이며, 무슨 일을 할 때 '몰입'하는지 먼저 제 자신에 대해 먼저 알아야만 했어요. 그래서 언제 어디에서든 '저는 이런 사람입니다.'를 또박또박, 당당하게 말하기 위해서 제대로 준비해 보기로 했습니다.

이제는 자기 소개, 당당하게 하고 싶은 욕심이 듭니다.

2. 칭찬은 잠자는 엄마를 깨웁니다

"엄마, 나 학교에서 선생님이 정리정돈 잘했다고 칭찬해 주셨다."

"엄마, 이것 봐, 내가 그린 거야! 잘했어?"

"오늘 회사에서 프레젠테이션 했는데 수고했다고 빨리 퇴근하래."

학교가 끝나고 온 아이에게, 퇴근하고 온 남편에게 가장 많이 듣는 말은 하루 동안 칭찬받고 기분 좋았던 일들입니다. 식구들이 돌아가며 그 날의 자랑을 실컷 하고 나면 저도 스스로에게 물어보죠.

'나는 오늘 뭐했더라?'

모두가 나간 집. 좁은 집안을 헤집고 종종거리며 하루 종일 앉아있을 시간 없이 집안 일을 했습니다. 벗어 던져 놓은 옷가지를 쓸어 담아 세탁을 하고 다 된 옷들을 가지런히 정리합니다. 먹다 남긴 음식물들도 하나씩 치웁니다. 바닥에 침대에 굴러다니는 먼지는 오늘도 저를 보고 눈을 껌뻑껌뻑 거리네요. '아, 우리 엄마도 이랬구나. 항상 정리정돈 되어있고 맛있는 음식과 깨끗한 옷가지들이 저절로 숨쉬고 있는 것이 아니었구나.' 라는 생각을 이제서야 해 봅니다. 집안 일은 아무리 열심히 해도 누구 하나 칭찬하지도 않고 칭찬할 줄도 고마워할 줄도 모릅니다. 어느 새 저도 기계처럼 일을 하고 있었으니 고마움을 받아야 하는지를 스스로도 까맣게 잊고 있었으니까요. 예전에 아이들에게 읽어주었던 앤서니 브라운의 〈돼지 책〉이 생각났습니다. 엄마가 옆에 없으면 아무것도 하지 않았던 아이들과 아빠를 떠나버려 온 집안이 돼지 우리가 되어버린다라는 이야기였어요. 나중에는 엄마가 돌아 와 엄마의 소중함을 깨달았죠. 저도 식구들에게 외치고 싶었어요.

"너희들도 돼지 책에 나오는 돼지처럼 되고 싶은 거니? 엄마도 한 번 떠나볼까? 꿀꿀!"

어느 날, 아주 예쁜 말들을 해서 제게 항상 미소를 주는 둘째 아들이 제게 이런 말을 했습니다.

"에고, 웬 빨래가 이렇게 많을까."
"엄마, 빨래는 세탁기가 하는데? 엄마가 하는 게 아니잖아."

그 말을 듣는 순간 망치가 제 머리를 쿵 때리는 느낌이었어요. 아이들 눈에 비치는 제 모습이 바로 이런 모습이었구나. 집에서 놀고 먹으면서 이런 일도 힘들다고 하는 게으른 엄마라는 것을요. 너무 극단적인 생각이라고 말할 수도 있겠지요. 그만큼 제게는 충격이었어요. 그래서 생색을 내기 시작했습니다. 세탁기에는 빨래가 혼자 들어갈 수 없다고, 세탁 후에도 빨래를 널고 다 마르면 걷어서 잘 접어 서랍에 넣어야 한다고 말입니다. 그 이후부터 온 식구가 사이 좋게 둘러앉아 다같이 빨래를 접고 있습니다.

"휴, 엄마 혼자서 이걸 다 한 거야? 힘들었겠다, 우리 엄마."

저희 집은 식구가 다섯 명이라 빨래 양이 만만치 않거든요.

빨래들을 수북이 쌓아 놓으면 작은 산이 거실에 곱게 자리를 잡고 앉아 있는 것 같아요. 접어도 접어도 없어지지 않는 빨래를 보고 아이들은 한 두 개 접고 슬그머니 도망갑니다. 그래도 조금 접어봤다고 엄마의 수고스러움을 알아주니 도망가는 뒷모습을 보고도 미소가 저절로 나왔어요. 또 한 번은 아이들이 레몬 청을 해달라고 매일 같이 노래를 부르길래 함께 만들어 보았죠. 레몬 씨를 빼느라 손 끝이 아리고 레몬 물로 범벅이 되는 경험을 직접하고 난 후 같이 레몬청을 만들자고 하면 고개를 설레설레 젓습니다. 아직도 아이들은 그 때 힘들었던 레몬 닦기와 씨 빼는 일에 대해 얘기합니다. 그러면서 "그래도 우리는 엄마가 직접 요리해서 주잖아." 라고 깜찍한 칭찬을 해 주네요. 가끔은 사다가 먹는 것도 잊어버린 듯이 말하는 아이들의 칭찬 하나에 제 입 꼬리가 살짝 올라갔습니다.

칭찬은 정말 두 어깨를 우쭐하게 해 주는 것 같아요. 조금씩 집안 일 이외에 내가 칭찬을 받고 잘하는 일이 무엇일까라는 고민을 하기 시작했습니다. 그리고 조금씩 앞으로 나아가 보기로 했습니다. '나 돈 벌 거야!'라고 외쳐도 지금 당장 밖에서 돈을 벌 수는 없잖아요. 그래도 말을 내뱉는 순간 마음 가짐이 틀려집니다. 남편에게 그리고 아이들에게 "엄마도 일을 할거야!"라고 말부터 해 보세요. 스스로도 과연 내가 할 수 있는 일들이 뭐가 있을까라고 고민하기 시작하거든요. 어떤 일을 할까라는 생각이 하루 종일 머리 속을 떠나지 않았어요.

사실 일할 수 있냐는 제안을 받은 적이 몇 번 있었습니다. 내가 지금 아이가 셋이라 나가서 일할 수 있는 형편이 안 된다고 쓰라린 거절을 해야만 했습니다. '아! 아직도 나를 찾네.'라는 기쁨도 잠시 현실이라는 문 앞에서 뒤돌아서야 하는 기분은 참 씁쓸했었어요. 억울하기도 하고 아무것도 할 수 없는 지금 상황이 우울했습니다. 그래도 "내 일을 할거야!"라고 온 식구에게 말이라도 하고 나니 정말 무엇인가를 하자라고 제 마음을 콕콕 찌르기 시작하는 거예요. 곤히 잠자고 있던 자존감도 조금씩 고개를 들기 시작했습니다. 정말 하고 싶은 일이 무엇인지 진지하게, 솔직하게 찾아보기로 했습니다. 처음에는 잘 떠오르지가 않았지만 아주 작은 칭찬을 받았던 일을 생각해보기 시작했어요.

"아이를 어쩜 이렇게 잘 키우셨어요."

"저녁밥 맛있었어요."

"오늘따라 더 예뻐요."

"오늘 열심히 하셨습니다."

"도와줘서 고마워요."

"네가 내 옆에 있어서 좋다."

"우리 엄마는 최고야."

"넌 참 따뜻한 사람이다."

생각나는 칭찬들을 빈 종이에 하나 하나 적다 보면 자신이 무엇을 좋아하고 어떤 일을 잘하는지 조금은 알 수 있답니다. 저도 그렇게 좋아하는 일을 찾았으니까요.

나이가 하나 둘 들면서 가장 두려웠던 점은 '나'라는 존재가 꺼져가는 불씨처럼 이대로 사그라들거라는 거였어요. 물론 지금도 충분히 행복하고 만족하고 있습니다. 하지만 정말 내가 좋아하는 일을 해 보지 못했다는 후회를 눈을 감는 순간에 하고 싶지 않았어요. 두 번째로 하고 싶지 않은 일은 아이들에게 매달리는 엄마였습니다. "내가 너희들 키우고 아빠 뒷바라지 하느라 아무것도 할 수 없었어." 라는 말을 꺼내기 싫었어요. 경제적으로나 심리적으로 아이들에게 부담이 되는 부모가 되고 싶지 않으니까요. 지금은 아이들도 남편도 제 손이 많이 필요할 때라 저를 찾겠지만 조금 있으면 아이들은 마치 혼자 컸다는 듯 저를 찾지 않고 귀찮아할 날이 올 거잖아요. 저도 예전에 그랬으니까요.

어느 새 나이가 들어 어른이 되었지만 그래도 칭찬은 늘 사는 즐거움을 느끼게 해 주는 것 같습니다. 어떤 칭찬이 그리운 가요? 아니면 받고 싶으세요?

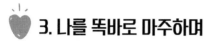 3. 나를 똑바로 마주하며

'엄마'

이 두 단어가 이렇게 큰 의미인지 딸로만 지내던 시절에는 몰랐습니다. 기쁘고 행복하지만 동시에 책임감도 따른다는 사실을요. 엄마들은 처음 자신이 임신했다는 사실을 알고 기쁘기만 하지는 않았을 거예요. 앞으로 다가올 출산과 육아에 대한 막막함, 두려움 그리고 내가 과연 아이를 키울 자격이 되는 부모인지에 대한 걱정이 들기 때문이지요. 그래도 새 생명과 함께 열 달을 보내면서 애정이 자라나는 것 같아요. 소중하게 잘 키워야겠다는 다짐과 책임감이 조금씩 생기니까요. 아주 조그마한 아기를 마주한 순간 기쁨도 잠시, 스스로가 아이를 다치게 하지 않고 울리지 않고 웃게만 하지 못하는 엄마라는 사실에 좌절도 합니다. 100일만 버티면 편한 시간이 올 거야, 6개월만 있으면 조금 더 편해져, 1년 이유식 먹을 때가 되면 살만 하지라는 말은 전부 거짓인 것 같습니다. 아이가 커 갈수록 한 시라도 눈을 뗄 수가 없고 할 일은 더욱더 많아지니까요. 다만 아이가 클수록 엄마의 내공도 같이 자라니 여유가 생기면서 조금씩 편해지는 게 아닐까요. 그렇게 정신 없이 아이를 키우다 보면 몇 년이 훌쩍 지나갑니다. 이러다가 아이들은 졸업하고 어느 새 엄마는 무엇을 해도 힘이 부치는 나이가 되겠다는 생각이 들었어요.

엄마라는 이름이 정말 좋아라고 스스로에게 물어본 적이 있나요?
내가 잘하는 일은 무엇이었을까요?
칭찬받고 인정받았던 일을 어떤 거였죠?

저는 한 가지 일만 하지 않았습니다. 첫 직장은 의류무역회사, 두 번째는 영상번역 프리랜서, 세 번째가 영어강사였습니다. 가끔 생각했어요. 도대체 무엇을 하고 싶어서 계속 이렇게 하는 일을 바꾸는 걸까. 한 곳에 정착해서 오래 일을 못하는 성격인가. 물론, 각각 이유가 있어서 그만두기는 했지만 한 직장에서 15년 넘게 일하는 남편을 보고 정말 대단하다는 생각을 가끔 하거든요. 그래도 이 일 저 일 해 보면서 저에 대해 많이 알았다는 소득은 있었습니다. 저의 단점은 좋아하는 일과 하고 싶은 일이 너무 많아서 잔뜩 벌려놓는 거예요. 다행인지 불행인지 대부분 생각에서 그치는 경우가 많았습니다. 끝까지 무엇인가를 달성하기 보다 조금 해보고 아니면 돌아서서 다른 일을 찾았던 것 같아요. 추진력과 끈기가 약한 편이죠. 직장을 다닐 때도 시키는 일은 잘 하나 모두를 끌고 가는 리더십은 부족했습니다. 그리고 재미있는 사람도 아니었어요. 그렇다고 단점만 있지는 않았습니다. 직장을 다니면서 새롭게 알게 된 점도 있었으니까요. 바로 분석과 정리정돈을 잘하고 동기 부여가 확실한 일은 끝까지 잡고 해낸다는 거였어요. 그리고 남의 말을 듣는 것을 더 잘하는 편이었습니다. 여러 사람과의 모임보다는 두 세 명이 함께하는 자리를 더 좋아한다는 것도 알았습니다. 또 무언가를 배울 때 지루하게 시간을 끄는 일보다 제 속도를 따라오는 맞춤형 수업을 더 좋아했어요. 누구에게나 좋아하는 일, 잘하는 일, 싫어하는 일 그리고 잘 못하는 일이 있습니다. 나도 몰랐던 재능이 숨어있을지도 모르는 일입니다. 그러니 어딘가에 도전하기 전에 먼저 자신을 잘 아는 것이 중요한 것 같습니다.

첫 번 째, 좋아하는 것이 무엇인지 10가지를 적어본다.

두 번 째, 자신이 잘하는 것과 칭찬받았던 일도 적어본다.

세 번 째, 위 두 가지를 가지고 할 수 있는 일을 그려본다.

잠시 자리에 앉아서 자신을 돌아보는 시간을 가져보면 좋을 것 같습니다. 쉬운 것 같지만 꽤 시간이 오래 걸립니다. 그 누구를 위한 시간이 아니라 스스로를 위한 시간을 가지면서 '나'란 사람에 대해 자세히 들여다 보세요. 어렸을 때부터 좋아하기만 했던 일들이 떠오르기도 하고 학교 다니면서 칭찬 받았던 일들도 생각날 거예요. 지금 다니고 있는 회사에서도 들었던 칭찬 한마디를 기억해보면 '나' 자신이 무엇을 잘하고 좋아하는지 찾아낼 수 있습니다. 마음 속에만 담아두지 말고 손으로 적어 눈 앞에 붙여두는 것부터 해 보면 어떨까요? 꼭꼭 숨어 보이지 않는 재능이 기다리고 있을지도 모르는 일입니다.

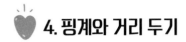

4. 핑계와 거리 두기

365일을 살면서 단 하루라도 규칙을 버리고 즐길 줄 아는
사람은 진정으로 자신의 삶을 사랑하는 사람일 것입니다.

아침에 일어나 생각합니다.
더 자고 싶다, 더 자고 싶다.
이불의 포근함에서 헤어나기 싫어 발버둥을 칩니다.
슬금슬금 기어 나오려는 나태함을 겨우 뿌리치고
무거운 몸을 일으켜 아침을 시작합니다.

아침에 일어나 생각합니다.
시간마다 무엇을 해야 하는지 머리 속에 그리고 또 그립니다.
일분 일초라도 어긋나면 하루를 망쳐버릴 것 같은 생각에
발목을 붙잡힙니다.

훨훨 다 버리고 하루 종일 누워서 뒹굴 거리고 싶은 내 몸을
일으켜 세워 하루를 시작합니다.

아침에 일어나 생각합니다.
지금의 달콤한 유혹을 뿌리친다면
네가 얻을 수 있는 천만 가지를 다 얻을 수 있노라고
누군가가 내게 속삭입니다.
진실인지 거짓인지 모를 일이지만
나는 오늘도 싸웁니다. 내 몸뚱이와.

　아침에 일어나기 싫은 이유는 정말 많습니다. 비가 오는 날
은 서늘하고 어두워서 이불을 박차고 나오지 못하고 점점 더
깊숙이 얼굴을 파묻고 싶어집니다. 늦게 잔 날은 일찍 눈을
뜨더라도 스스로를 달래기까지 합니다. '그래, 어제 늦게 잤으
니까 좀 더 자자.' 몸이 아픈 날은 안 그래도 일어나기 힘든데
침대에 자석처럼 들러붙습니다. 이렇게 아침에 일어나는 것
부터 핑계 거리를 찾으니 무엇인가 하려고 할 때 안 되는 이
유들이 수도 없이 많아질 거예요. '아, 오늘도 계획한 일을 또
못했네.' 라고 후회도 밀려옵니다.

가장 대표적으로 매 년 12월이 되면 우리가 하는 일이 있죠? 여러분은 연 초에 결심했던 약속들 중 얼마나 많이 실천했나요? 저는 매 년 지키지 못한 일들이 너무 많아 텅텅 비어 버린 다이어리를 멀뚱이 바라보며 한 숨을 푹 푹 내쉽니다. 그리고 다시 1월이 되면 '그래, 올 해는 꼭 해 보자.' 라며 열두 달 치의 계획을 세웁니다. 왜 이렇게 매년, 매일 반복해서 '계획'이라는 것을 세우는 걸까요? 게을러지는 자신에게 변명거리를 주기 위함일지도 모르겠습니다. 혹은 또다시 헛된 꿈을 꾸는 일 년을 시작하려 하는 것은 아닐까요? 가끔 좀 더 일찍 수많은 계획들을 꾸준히 관리하고 분류했더라면 지금 내 삶이 더 나아졌을까 아니면 내 모습이 많이 달라져 있었을까 라는 질문을 해 봅니다. 답은 '아니다' 입니다. 불안했던 이십 대에 마침표를 찍고 삼십 대 때 나의 온 힘을 다해 아이들을 키웠기 때문에 지금 또 다른 계획을 세울 힘이 남아 있는 거라고 믿고 싶어요.

과거에도 저는 계획을 해마다 하는 사람이었습니다. 하지만 항상 불타는 열정과 꾸준하게 실천을 하는 힘이 부족했어요. 지금이라고 크게 달라졌을까요? 여전히 게으르고 느립니다.

핸드폰을 보다 훌쩍 한 시간, 텔레비전을 켜놓고 있으면 훌쩍 두 시간, 밥 먹고 쉬다 보면 또 한 시간, 아이들 챙기다 보면 어느 새 잘 시간입니다. '아, 오늘도 하는 일 없이 그냥 가버렸구나.' 이런 생각이 반복되다 보면 우울해지고 짜증만 늘어가니 안되겠다 싶었죠. 하루는 마음을 다잡고 책상에 앉아 저의 24시간을 분석해보기 시작했습니다. 제가 잘하는 일 중에 하나가 분석하기거든요. 여러분도 한 번 해보세요. 그러면 '어머! 나 매일 시간이 이렇게 많이 남네'를 알 수 있을 거예요. 그렇다고 빈틈없이 꽉 채워 놓으면 또 다시 핑계거리가 스멀스멀 올라오겠죠? 매일같이 바쁘게 산다고 생각했지만 하루를 가만히 들여다 보면 버리는 시간이 꽤 됩니다.

계획을 세울 때는 원칙을 두는 일이 중요합니다. 가장 중요한 일을 중심에 두고 하루를 그려보는 거죠. 저는 아이들을 중심에 두고 남은 시간을 러프하게 그립니다. 스스로가 흐트러졌다고 생각하면 다시 세부적으로 적어보기도 합니다. 아이 셋과 하루 종일 뭐하나 싶겠지만 삼시세끼 챙기는 일만 하루에 6시간 정도가 필요해요. 삼시세끼만 먹지는 않으니 간식도 중간중간 챙겨야 하고 아이를 옆에 끼고 튜터도 자청해야 합니다. 그렇게 육아와 가사에 쓰는 시간을 총 계산하면 9시간 정도 됩니다. 자는 시간 7시간 정도도 포함하면 남는 시간은 6시간 정도입니다. 하루 종일 바쁘게 움직이면서 '시간이 없어!'를 외치고 있었는데 생각보다 많은 시간이 버려지고 있었다니 놀랍지 않나요?

물론 일상이 계획한 대로 절대로 흘러가지 않아요. 아이들 학교나 학원 선생님 상담, 병원, 각 종 집안 행사, 모임 등 하루에 계획에 없던 일들이 불쑥불쑥 끼어들 때가 많습니다. 가장 힘든 일은 집중을 할 수 있는 시간이 터무니없이 부족한 거였어요. 특히 코로나로 집 콕 생활이 이어지니 더더욱 제 시간은 줄어만 갔습니다. 그래서 아이들이 학교나 학원 온라인 수업을 할 때 주로 제 할 일을 하려고 노력하고 있습니다. 하지만 아직 초등학생들이라 수업하는 것도 자꾸 들여다 봐야 되잖아요. 그렇지 않으면 멍하니 있거나 집중을 하지 않는 우리 아이들. 하루는 조용하길래 가봤더니 화면을 두 개 띄워놓고 수업을 하고 있더라고요. 믿는 도끼에 엄마 발등을 콕 찍는 일이 하루 이틀이 아니라는 것을 잠시 잊고 있었네요. 그래도 매일 같이 게으르게 늘어져 있는 저를 잡아 끌어당기는 힘은 아이들입니다. 겨울 아침 이불 속에서 나오기 싫지만 아이들에게 아침을 차려줘야 하기에 나를 일으켜 세우고, 몸이 아파도 아이들을 챙겨야 하기 때문에 눈을 뜨게 됩니다. 엄마를 살게 힘은 바로 아이들이기도 하네요.

오늘부터 나태함과 게으름은 잠깐 치워두고 나를 끌어당겨 시간과 마주해 볼까요? 하루라는 시간을 벌려면 지금 열정을 불태워 움직여야 해요. 일 년치가 아니라 하루 하루를 알차게 보내고 싶거든요.

오늘 하루도 핑계와 거리 두기 했나요?

5. 마음이 좀처럼 잡히지 않을 때는

모든 일이 내 생각대로 척척 일어나면 얼마나 좋을까요. 일주일 계획, 하루 계획을 세웠지만 고작 하루 계획을 지키기도 힘이 듭니다. 잘 가던 어린이 집을 오늘따라 가기 싫다고 울고불고 떼쓰는 아이 때문에 힘이 빠지기도 합니다. 새벽에 일어나려고 했지만 마침 비가 부슬부슬 내리니 닫힌 눈꺼풀이 열릴 생각을 하지 않기도 해요. 날씨, 예기치 못한 상황, 갑자기 생기는 모임 등 오늘 할 일을 내일로, 또 내일로 미루는 일상에 시작도 하기 전부터 지쳐 버립니다. 매일 같은 일상, 같은 사람, 변하지 않은 환경이라면 스스로에게 동기 부여를 하기도 힘든 것 같아요. 아이들에게 공부하는 환경을 만들어 주려고 하는 것처럼 어른들도 환경의 힘도 매우 중요해요. 특히 저와 같은 엄마들은 자신의 책상 아니 공간 조차 없는 경우가 많습니다. 대부분은 식탁이나 아이들 책상에서 조금 끄적이

다 다른 일이 눈에 밟혀 그것을 고이 즈려 밟지 못하고 몸을 일으켜 세우기가 일쑤죠. 마음이 싱숭생숭 흔들릴 때 작은 변화를 주는 것도 좋은 것 같습니다. 그래야 무엇이라도 한 자리에서 꾸준히 할 수 있는 힘을 가질 수 있지 않을까요.

내 책상, 공간 갖기

2020년, 코로나로 집 콕 생활이 시작되었습니다. 사실 저는 집 콕, 집순이 입니다. 한 번 집에 들어오면 밖으로 나가는 일이 드뭅니다. 하지만 막상 차단된 생활을 하니 집순이도 견디기 힘들더군요. 세 아이들, 남편까지 있는 집에서 취미 생활을 할 공간과 시간은 없었어요. 온라인으로 학습을 하는 아이들은 평소보다 케어가 더 필요했습니다. 학교 선생님 역할도 엄마 몫이었기 때문입니다. 코로나가 언제 끝날지 모르는 이 상황을 더 이상 기다리지 않기로 했어요. 기약 없는 기다림 속에 지치고 무기력해지는 저를 보면서 제대로 된 책상이라도 선물하기로 했습니다. 사실은 아이들의 방을 다시 재배치 하다 어쩌다 제 공간이 나온 거긴 합니다. 집에 있는 시간이 많아진 만큼 자기 공간을 가질 수 있도록 집 구조를 바꿀 필요를 절실히 느꼈습니다. "우리 집도 한 번 구조를 바꿔 볼까?" 물론 제 말을 듣자마자 남편은 인상을 쓰고 한숨을 내쉬었죠. 그래도 그의 무한한 도움으로 작업을 시작했습니다. 이층 침대를 분해해서 옮기고 미뤄두었던 10년 된 부부 침대와 아이들 지도가 그려진 매트리스도 드디어 바꿨어요. 그리고 드디어 저만의 책상을 갖게 되었습니다. 일단 책상이 생기니 마음가짐이 틀려졌습니다. 아이들과 떨어져서 집중을 할 수 있었거든요. 무엇보다 엄마도 집안 일 말고 책상에 앉아서 공부나 독서나 그 외의 것을 하고 있는 모습에 아이들도 신기해하는 것 같았어요. 또 제가 방에 있으면 아이들도 필요한 경우가 아닌 이상 방해하는 일이 적어졌답니다. 숨겨진 재능을 이루어 나갈 수 있는 작은 공간을 만드는 일이 중요하다는 것을 그제야 알았습니다. 자꾸만 제 책상에 가서 앉고 싶은 생각이 들고 할 일들이 생각났어요. 그곳에 앉으면 떠오르는 아이디어들도 많았거든요. 마법의 책상인 걸까요? 내 책상 그리고 작지만 자신의 공간을 가져보기 바랍니다.

나에게 동기부여를 주는 일 찾기

때로는 직장 때문에, 아이들 때문에, 돈 때문에 하고 싶은 일을 하기 어려울지도 모릅니다. 저도 처음에는 아이들 때문에 무언가 배우는 일은 생각조차 할 수 없었어요. 그나마 가장 빠르게 할 수 있는 일은 바로 책을 읽는 일이었습니다. 손에 잡히는 대로 언제 어디서든지 볼 수 있기 때문이었죠. 자투리 시간에 틈틈이 할 수 있는 가장 쉬운 일이기도 했고요. 머리 속에는 하고 싶은 일, 계획한 일들이 가득했지만 계속 현실을 탓하고만 있을 수는 없어서 핑계를 대며 미뤘던 일들을 하기 시작했어요. 그러면서 자기계발서를 많이 읽기 시작했습니다. 이 때 제게 실천력을 북돋아 준 책은 바로 〈나의 하루는 새벽 4시 30분에 시작된다〉라는 김유진 작가의 책이었습니다. 독서도 자신과 마음이 맞을 때가 있는 것 같아요. 이 책의 작가처럼 4시 30분에 일어나지는 못하지만 많은 자극을 받았습니다. 그 밖에 다른 용기나 힘을 얻고 싶을 때에 꼭 책을 찾습니다. 인문학 책은 주로 스스로를 자극하고 배우고 싶을 때, 위로와 휴식이 필요할 때는 에세이를, 감성적이고 머리에 무한한 상상력을 자극시키고 싶을 때는 소설을 읽습니다. 새벽 이른 시간에 일어나기는 힘들지만 아침식사 전 두어 시간 동안은 제 시간을 가지려 노력합니다. 책을 읽기도 하고 글쓰기를 하기도 하고요. 나만의 시간을 하루에 두어 시간 정도 가지면서 조금씩 자라는 저를 느꼈어요. 꼭 성공을 해야지, 돈을 많이 벌어야지 하는 것이 아닙니다. 시간 없다, 배울 게 없다, 나이가 많다는 핑계를 찾는 대신 나에게 동기를 부여해 주는 일을 찾아보면 좋겠습니다. 저는 그 해답을 독서를 통해 하나씩 깨닫고 간접 경험도 해 보는 즐거움을 느끼고 있거든요. 여러분에게 동기를 부여해 주는 일은 무엇인가요?

기록으로 나를 잊지 않기

사실 저는 상호명, 제목 등을 잘 기억하지 못합니다. 이유는 저도 잘 모르겠습니다. 이런 제게 누군가가 기억하려고 노력하지 않아서 그렇다고 하더군요. 그럴지도 모릅니다. 그리고 아이 셋을 낳고 나이가 들면서 점점 "어…… 뭐더라…… 그거 있잖아!" 라는 말을 자주 하게 되었어요. 그럴 때마다 제 자신이 한심하게 느껴졌습니다. 많은 책들을 읽어도 제대로 된 문장 하나 인용하기가 쉽지 않았어요. 집에 있는 책들을 모조리 들춰보며 찾다가 포기한 적이 한두 번이 아니었죠. 더이상 이런 일에 시간을 버리고 싶지 않아 바로 바로 기록하고 정리하는 습관을 기르고 있어요. 또 여기저기 끄적거리던 것을 한 곳에다가 끝까지 쓰려고 하고 있는 중입니다. 드문드문 읽던 독서는 꾸준하게 읽기 위해 책을 읽고 난 후 쓴 리뷰를 SNS에 매일 업로드 하려고 노력하고 있고요. SNS는 나와의 약속이기도 하지만 다른 사람에게도 하는 약속이라서 나태해질 수가 없었어요. 이 외에도 생각을 놓치지 않으려고 설거지를 하다가, 차를 타고 가다가, 잠자리에 들기 전에 떠오르는 생각들은 핸드폰 메모장에 기록을 하고 있습니다. 가장 많이 이용하는 것은 달력입니다. 눈에 보이는 곳에 달력을 두세 개를 두고 일 년치, 한 달치, 매일 떠 오르는 것을 적어 놓습니다. 아이들에 관련된 것과 집안 행사 등은 모두 달력에 기록하고 있어요. 스케줄러에도 적어두고 있습니다. 그렇게 꾸준히 기록을 하다 보니 '나'라는 사람이 어떤 성향을 가지고 있는지도 한 눈에 알 수 있었어요. 또 어떤 일을 계획했었고 마무리는 되었는지, 실현 가능한 일을 하고 있는지, 낭비하고 있지는 않은지, 아이들의 어떤 부분을 채워줘야 하는지 등을요. 5년, 10년을 내다보지 못해도 한 달, 일 년을 기록한 것만으로도 나에게 필요한 부분과 그렇지 않은 것을 구분할 수가 있습니다.

마음이 흔들릴 때는 자신을 위한 방법을 찾아보았으면 좋겠습니다.

그 누구를 위한 일이 아니라

내가 나답게 살아가기 위해서

사계절을 온통 나로 물들이기 위해서.

6. 하고 싶은 것을 간절하게 떠올려봅니다

하고 싶은 일은 있으나 무엇을 해야 할지 모르겠다는 사람들을 주변에서 많이 만납니다. 자신에 대해 잘 알지 못해서 일수도 있지만 새로운 자극을 받으려 하지 않았을 수도 있습니다. 저도 무엇인가를 바꾸고 변화를 주는 일을 좋아하지 않아요. 물건도 제자리에 있어야 하고 흐트러지는 것도 싫어합니다. 그렇다고 가만히 앉아서 때가 오기를 기다릴 수는 없잖아요. 좋아하는 일을 배우고 해 보기 위해서는 변화가 필요한 것 같습니다. 예술가들을 보면 어디에서 영감을 얻어서 그림을 그리고 작곡을 하고 글을 쓸까라고 항상 궁금했었어요. 그들도 그냥 작품을 만들어내는 것이 아니었어요. 아이디어나 영감을 얻기 위해 끊임없이 노력을 하고 있었습니다. 누군가와 대화를 하다가 글감을 얻기도 하고, 떨어지는 낙엽을 보고, 뛰어 노는 아이들의 웃음 소리를 듣고, 해가 지는 저녁 노을을 보고, 길을 가다 길가에 핀 노오란 민들레 한 송이를 보고, 꽃다발을 들고 누군가에게로 향하는 한 사람을 보고 떠오르는 생각들을 메모해 두었다가 글로, 그림으로, 음악으로 표현을 한다고 합니다. 그러고 보면 모든 일이 저절로 찾아오지는 않는 것 같지요?

　내가 할 수 있는 일을 찾기 어려울 때는 다른 사람은 무엇을 하고 있는지, 어떻게 하고 있는지 살짝 엿보는 것도 좋습니다. 벤치마킹(benchmarking)이라는 말을 들어본 적이 있을 거예요. 벤치마킹의 사전적 뜻은 '측정의 기준이 되는 대상을 설정하고 그 대상과 비교 분석을 통해 장점을 따라 배우는 행위를 말한다.'입니다. (출처:위키백과) 다른 사람의 세상을 살펴보다 보면 나와 비슷한 점을 발견할 수 있어요. 가게를 차려서 운영을 해보고 싶다라고 생각이 들면 다른 사람들은 무엇을 파는지, 어떤 것을 팔 때 꾸준히 만들어서 팔 수 있을지 벤치마킹으로도 충분히 알아볼 수도 있고요. 처음에는 무엇을 팔았고 그 다음 물품은 무엇이며 또 소개는 어떻게 하고 가격은 얼마 인지까지 모두 따라 해 볼 수 있습니다. 직접하기 전에 온라인으로 벤치마킹을 쉽게 할 수 있는 곳은 여러 곳이 있습니다.

〈벤치마킹을 할 수 있는 사이트〉

아이디어 & 디자인	핀터레스트, 픽사베이 등
판매	네이버 스토어, 아이디어스, 엣시, 인스타 스토어, 크몽 등
독서 & 글쓰기	블로그, 브런치, 인스타그램, 탈잉 등
클래스 강의	탈잉, 네이버 예약, 소모임, 솜씨당, 클래스101 등

정말 아무것도 하기 싫고 떠오르지 않는 날은 책을 보거나 SNS를 살펴보기도 해요. 밖으로 여행이나 전시회 관람을 할 수도 있겠지만 시간과 상황이 여의치 않을 때는 집에서 쉽게 할 수 있는 일은 인터넷이잖아요. 때로는 멋지게 살면서 척척 해내는 사람들을 SNS에서 보면 질투도 나고 짜증이 날 때도 있어요. 또 스스로 무기력해지기도 하고 자존감이 낮아지기도 합니다. 이것 또한 좋은 에너지를 준다고 생각해요. 자극을 받아 '나도 한 번 해 볼까?'라는 불타는 의지를 가끔 심어주

기도 하거든요. 그리고 따라 해 보면 내 한계가 무엇인지, 내가 할 수 있는 일이 무엇인지를 알 수 있기도 합니다. 퍼스널 브랜딩 전문가, 강사이자 생각대로 사는 여자 박세인 저자는 이렇게 말합니다.

> "역시나 된다고 믿고 방법을 찾자.
> 이제부터는 당신이 가진 재능을 세상이 필요로 한다는 것을 믿고, 주위에서 나와 같은 재능을 가지고 자신의 삶을 열심히 개척해 나가는 멘토를 찾아 그들의 성공 사례를 벤치마킹하며 수익화를 위한 구체적인 목표를 세워보자."
>
> 〈영향력을 돈으로 만드는 기술〉 - 박세인

시작을 어떻게 해야 할 지 모르겠다면 독서 모임이나 글쓰기 모임 아니면 관심 분야의 모임에서 방향을 잡을 수도 있어요. 모두들 같은 고민으로 모였으니 작은 정보라도 공유할 수 있거든요. 이것 또한 작은 벤치마킹이라고 할 수 있습니다. 그리고 중요한 점은 서로 응원을 주고 받으면서 성장할 수 있다는 거예요. 저도 그렇게 성장해 가고 있습니다.

성공하는 사람들은 무엇인가 다르다고 생각하지만 그렇지 않습니다. 다만 그들은 자신에게 쏟는 시간을 조금 더 낼 뿐입니다. 그리고 생각하던 일을 바로 현실로 이루어 나갑니다. 실패를 할지라도 말입니다. 어떤 일을 어떻게 시작해야 할 지 모를 때는 다른 사람들은 무엇을 하는지 관찰해 보세요. 그러다 보면 걸어가야 할 방향이 보이기 시작할 것입니다.

나답게 살아가기 위해
새롭게 세팅합니다

1. 목표가 있으면 뒤돌아보지 말아요

여러분에게도 알고 보면 놀라운 재능이 숨어있을지도 모릅니다. 어렸을 때 미술 선생님이 제게 했던 말을 잊을 수가 없습니다. "어디 가서 선생님한테 배웠다는 소리 하지 마라." 물론 농담 반 진담 반으로 하셨겠지만 그 말을 아직도 기억하고 있으니 제게 충격적인 말이었나 봐요. 엄마가 미술 전공자라고 해도 그 재능까지 물려받지 않았구나라고 생각했었고 미술 쪽은 쳐다 보지도 않고 살았습니다.

그런데 마흔이 되어서 좋아하는 일을 찾다보니 문득 떠올랐어요. 초등학교 때 서예를 그렇게 좋아했다는 사실을요. 또 잘 한다고 칭찬도 받았었고 상도 탔던 경험이 생각났어요. 미술은 못했어도 글씨를 쓰는 일은 그래도 좀 괜찮았나 보죠? 세 아이를 낳고 처음으로 취미를 시작할 때 조금이라도 친숙한 서예에 관심이 갔던 것 같습니다. 캘리그라피는 붓을 다루는 분야라서 다가가기가 친숙했던 것 같아요. 다행히 아이를 잠시 맡길 수 있는 친정엄마 덕분에 취미 생활을 시작할 수 있었어요. 정말 눈에 넣어도 아프지 않은 아이들이지만 거리 두기가 필요하다는 것을 그 때 알게 되었습니다. 두 세시간 그것도 일주일에 한 번 수업을 받은 후 집에 돌아오면 아이들이 그렇게 사랑스러워 보일 수가 없었어요. 집을 어질러놔도 화를 두 번 낼 것이 한 번으로 줄어드는 여유도 생겼지요. 무엇보다도 나에게 집중할 수 있는 그 두 시간을 위해 일주일을 사는 것 같았습니다. 이런 기쁨과 열정을 학창 시절에 쏟아냈다면 아마도 지금 한 자리 차지하고 있지 않을까요? 혼자 열심히 하는 줄 알았지만 같이 배우는 분들의 열정과 노력에 혀를 내 두를 정도였습니다. 다른 분들이 숙제를 해 온 결과물을 보면 더 자극을 받아 다음 수업 때까지 노력을 하지 않을 수가 없었어요. 그렇게 하루도 놓지 않고 배웠고 지금도 계속 배우고 있습니다.

처음에는 '돈'을 벌고 싶어 캘리그라피를 시작을 했어요. 배우면서 이 곳 저 곳에 문을 두드려 보기도 했습니다. 하지만 경력도 없고 초보인 저를 써 주는 곳이 있을리 없었죠. 포기

하고 싶은 순간도 많았습니다. 영어 강사였던 저에게는 이 분야가 참 낯설었어요. '영어 책을 한 권 주고 강의해 보세요.'라고 하면 바로 할 수 있지만 '캘리그라피로 뭔가 보여줘 볼래요?' 라고 한다면 아직은 힘들어요라고 자꾸만 뒤로 숨게 되더라고요. 새로운 것을 하기에 부족한 부분이 제 안에 있다는 것을 스스로 잘 알고 있었던 거예요. 어느 날 사람들과 모여서 얘기를 하다가 제 자신을 다시 돌아보게 된 계기가 있었습니다. "아마추어는 돈을 못 벌고 취미로 하는 거고 돈을 벌면 프로 아닌가요?" 스스로에게 뜨끔했어요. 전시회도 하고 지속적으로 배우고는 있지만 가끔 나는 어디에 속하나 고민을 하고 있었던 찰나였거든요.

'계속 해야 하는 걸까?'
'계속해서 내가 얻는 것은 무엇일까?'
'배우고 재료를 사는 데 비용만 들고 걷어들이는 것은 없네.'
'무엇을 위해 쓰고 있는 걸까?'
'과연 내가 하고 싶어하는 것을 하는 걸까?'
'나는 영영 아마추어일 뿐인가?'

여러 가지 생각들로 고민을 했던 시간들이 있었습니다. 어느 곳을 어떻게 뚫고 나가야 하는지 몰라 망설였었고 제 자신이 초라해 보일까 봐 물어보는 것마저도 조심스러웠어요. 사실 생각들을 현실로 이루는 일은 많지 않잖아요. 누구나 혼자만의 근사한 계획이 있고 빛나는 미래를 꿈꾸고 있지만 그 꿈과 미래를 현실로 이루는 사람은 많지 않은 것 같아요. 그럼에도 누군가는 현실로 자신의 꿈을 이루어 냅니다. 그들도 한순간에 그 꿈을 이루지는 않았을 거예요. 꾸준하게 놓지 않았던 무언가가 그들을 현실로 데려간 거라고 믿어요. 저도 무에서 유를 만들려고 하니 하나부터 열까지 쉽게 되는 일은 없었어요. 이거 하나 하려면 다른 일이 발목을 잡곤 했으니까요. 뒤로 밀리는 일이 자꾸만 반복되었습니다. 그래도 놓지 않았습니다. 느리지만 한 걸음씩 나아가려고 애를 썼어요. 지금 무엇인가를 익히고 있다면 그냥 그 시간을 쌓아두는 과정이라고 생각했으면 좋겠어요. 꼭 뭐가 되지 않더라도 도전도 하지 않은 채 실패가 두려워 그 한 걸음을 떼지 못하는 사람보다는 나을 테니까요. 실패의 경험도 함께 쌓다 보면 언젠가 좋은 결과를 맞이할거라 생각해요. 오늘부터 한 발자국이라도 떼어보세요. 급할 것 없습니다. 천천히 내 속도에 맞춰 꾸준히만 한다면 10,000시간의 마법을 누릴 수 있을 거라 생각합니다.

누구나 아마추어에서 시작합니다. 단번에 프로로 올라가는 사람은 없을 거예요. 묵묵히 자신의 길을 꾸준하게 걷다 보면 누군가에게 제안을 받기도 하고 기회가 왔을 때 해 낼 수도 있습니다. 다만 준비되어 있지 않은 아마추어에게는 아무 일도 일어나지도 일어날수도 없다는 사실은 기억했으면 좋겠어요.

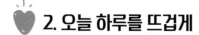

2. 오늘 하루를 뜨겁게

우리 모두에게 가장 공평하게 주어진 것은 바로 24시간이라는 시간입니다. 누군가는 24시간을 스스로 이끌어 나가지만 누군가는 쫓기듯 하루를 마감합니다.

여러분은 어느 쪽 인가요?

저는 두 가지의 삶을 다 살고 있습니다. 어느 날은 24시간을 내가 생각한대로 보내기도 하고, 어느 날은 24시간에 끌려 다니기도 합니다. 규칙적인 생활을 하다 보면 쉽게 지치기도 하고 스트레스를 받기도 해요. 매일 책상에 앉아 플래너를 작성하지만 모든 계획을 다 실천하는 일은 어렵더라고요. 플래너에 짜인 대로, 꼭 새벽에, 정해진 시간에 계획을 하지 못해도 괜찮습니다. 갑자기 생기는 약속 또는 일 때문에 지키지 못하기도 하니까요. 그렇다고 해도 좌절하거나 자신을 책망하는 일은 없었으면 좋겠습니다. 다시 할 일을 계획하고 실천하면 됩니다. 대신 그 날 못한 일은 그 주 안에 혹은 그 달 내에 완성하도록 하기를 바랍니다. 그렇게 마무리를 해야 다음에 할 일을 차질 없이 할 수 있습니다.

저는 30대 후반, 곧 마흔이라는 숫자 앞에서 번 아웃이 왔습니다. 세 아이의 육아로 30대 절반 이상의 시간을 보내고 나니 제 삶이 너무 허무했어요. '나'라는 사람은 과연 존재하는지 아닌지 생각해 볼 사이도 없었으니까요. 24시간을 폭풍 몰아치듯 눈뜨고 감을 때까지 세 아이의 엄마 역할에 매달려왔습니다. '마흔'이라는 나이는 삶에 대해 많은 생각을 들게 하는 것 같아요. '이미 늦었어'라고 말하기도, '다시 시작해'라고 말하기도 애매한 나이인 것 같습니다. 그래도 저는 후자를 선택하고 싶었어요. 몇 살까지 살지는 모르지만 남은 삶이라도 후회 없이 살고 싶었습니다.

새벽 시간은 나의 것

누구에게나 평등한 24시간이지만 새벽에 매일 한 시간씩 부족한 부분을 채워 달성하는 사람도 있습니다. 또 저처럼 다둥이 엄마지만 매일 한 두 시간씩 자신에게 투자해 현재 잘 나가는 사장님을 하고 있는 워킹맘도 있어요. 남들 잘 시간에 일을 하시는 환경미화원 분 중에서도 자신의 일을 하면서 좋아하는 시를 쓰는 시인도 계시지요. 모두에게 평등한 24시간 이지만 누구에게는 매일같이 왜 시간이 없는 걸까요. 일단 시간을 따로 가져야겠다고 생각을 하면 짐이 되고 잘 지켜지지 않는 것 같아요. 자신의 하루 중 남는 시간을 한 번 계산해 본 적이 있나요? 생각한 것보다 물처럼 흘려 보내는 시간이 많다는 사실을 알게 될지도 모릅니다. 그 시간을 모아서 자신이 하고 싶은 일을 마음껏 해 보면 좋겠어요.

저는 잠이 많은 사람이에요. 하루에 7시간 이상은 자야 피곤하지 않습니다. 하루는 이런 생각도 들었어요. '잠만 자다가 인생이 끝날 것 같아.' 피곤함을 이길 수 있는 체력을 가지지 못한 것인지, 의지가 없는 것인지 무한한 나른함에 빠지기가 일쑤였습니다. 하지만 스스로에게 할 일을 하나 둘씩 주기 시작하면서 바빠졌어요. 단기, 중기, 장기로 나눠 목표를 세우고 하나씩 달성해가는 재미가 쏠쏠했는지 게을러지는 스스로를 일으켜 세우는 힘이 길러지기 시작했습니다. 집안일, 육아 말고 내가 할 수 있는 일이 있다는 것만으로도 몸이 가벼워졌어요. 그래서 새벽에 일어나 무언가를 해 보기로 했습니다. 처음에는 알람 소리를 듣고 일어났습니다. 아, 겨울은 정말 일어나기 힘든 계절이에요. 그냥 따뜻한 이불 속에서 책을 보기 시작을 했지만 금방 졸음이 쏟아졌어요. 그 다음부터는 침대 밖으로 나와 스트레칭을 한 번 하고 세수는 안 해도 차가운 물로 눈곱이라도 뗀 후 의자에 앉았습니다. 저만의 아침 의식을 치른 후에야 비로소 조용한 시간 속에서 집중을 시작할 수 있었어요. 아이들이 엄마를 부르는 소리도 없고, 남편이 저를 찾지도 않으니 오롯이 내가 하는 일에 몰두할 수 있었습니다. 아침을 차리기 전까지 한 두 시간 독서를 하기도 하고 A4 한 두 장 분량의 글을 쓰기도 합니다. 나를 위해 시간을 가지고 나면 하기 싫은 아침밥상도 여유 있게 차릴 수 있고 아이들과도 다정하게 인사를 할 수 있었습니다. 더 이상 졸린 눈으로 유령처럼 무거운 몸을 이끌고 부엌으로 나가지 않아도 되었어요. 깜깜한 어둠 속에서 점점 밝아오는 아침을 맞이해 보면 새벽에 일어나는 기분이 어떤 건지 알 수 있습니다. 붉은 아침 해가 마음 한 켠을 꽉꽉 채워주는 느낌을 저는 잊을 수가 없었어요. 또 '나는 오늘도 무언가 하나는 하고 하루를 시작한다'라는 뿌듯함이 내일 일어날 수 있는 힘을 주기도 했고요. 스스로를 칭찬하고 기특함을 다시 느끼고 싶어지거든요. 사실 새벽에 일어나는 일은 처음에는 무척이나 힘들었어요. 점심때가 되면 졸음이 쏟아졌으니까요. 그렇다고 실패한 것이 아니에요. 모든 일이 습관으로 자리 잡을 때까지는 이런 과정들을 거치는 거라고 생각합니다.

새벽 목표 정하기

새벽에 일어나는 일이 습관으로 굳어지기 시작하니 다른 욕심이 생겼습니다. 바로 글을 쓸 수 있는 시간을 가지는 거였죠. 아이들이 없는 시간에 글을 쓰곤 했었지만 코로나로 집콕 하는 상황에서는 제 시간을 갖는 일이 어려워졌어요. 그래서 매일 새벽 마다 한 편씩 쓰면 3개월이면 90편 정도의 글을 쓸 수 있겠구나 생각했습니다. 이제는 모든 계획을 짤 때 수치화 하는 버릇도 생겼어요. 아이들에게도 하루에 5개씩 영어 단어를 외우면 일주일이면 몇 개, 일 년이면 몇 개의 단어를 외울 수 있다라고 얘기를 합니다. 아이들은 두 귀를 막고 있지만요. 수치화를 하는 버릇이 생긴 후부터는 안 된다는 생각을 버렸습니다. 3개월이면 책 한 권을 쓸 수 있다니. 숫자로는 그렇지만 솔직히 매일 실천하지는 못합니다. 글을 쓰다 보면 두 시간, 세 시간이 넘어갈 때도 있고 몸이 아플 때는 아침에 일어나지 못할 때도 있습니다. 또 글이 써지지 않아 멍하니 자판을 두드렸다가 지우기를 반복만 하다 한 시간이 후딱 지나가는 경우도 허다했어요. 그러다 보면 벌써 아침이 밝아오기도 하지요. 그럼에도 새벽이나 밤에 자신의 시간을 갖는 시도는 꼭 해보았으면 합니다. 생각보다 내가 괜찮다는 점 그리고 나를 대하는 태도가 변해가는 과정을 경험할 수 있으니까요.

오늘 하루, 나를 위해 뜨겁게 쓸 준비 되셨나요?

3. 첫걸음 먼저 떼어 봅니다

안개가 자욱하게 낀 아침을 보며 인생과 닮았다는 생각을 해 봅니다. 한 치 앞도 보이지 않는 인생. 어디에서부터 어떻게 발을 내딛어야 할 지 매일 매 순간이 망설여집니다.

텔레비전 프로그램 중 신박한 정리라는 프로그램이 있었어요. 정글 숲을 헤쳐가 듯 물건들로 뒤덮인 집을 마법처럼 정리를 해주죠. 쌓여있는 물건들은 집주인의 마음을 보여주는 것 같았습니다. 하나하나 내려놓지를 못해 끌어안고 '언젠가는 쓸모가 있을 거야, 언젠가는 필요할 거야.'라는 마음들을 물건들과 함께 모았던 것이 아닐까요. 하지만 지금 당장 하지 않거나 쓰지 않을 것들은 나중에도 쓸 일이 거의 없습니다.

혹시 자신이 완벽주의자에 가깝다고 생각하시나요? 저는 완벽주의자에 조금 가깝습니다. 일정이 잡히면 그 날까지 무엇을 준비해야 하는지 머리 속으로 끊임없이 생각을 하거든요. 그 날이 되면 시간 낭비 없이 바로 몸을 움직일 수 있도록 말입니다. 외출을 할 때도 돌아왔을 때 집안이 흐트러짐이 없도록 정리를 하고 나가는 편입니다. 같이 사는 사람들은 아마도 피곤하겠죠? 이런 성격 때문에 집이나 주변이 깨끗한 편이지만 무언가 실천을 하려면 시간이 많이 걸립니다. 완벽하게 준비가 될 때까지 붙잡고 있거든요. 쌓여있는 생각이 밖으로 나와야 하는데 안으로만 쌓이고 있으니 이런 생각들도 신박하게 정리를 해 주는 곳이 있었으면 하는 바램을 가져 봅니다.

생각도 계속 쌓이다 보면 한 곳에 고여있는 물과 다를 바가 없는 것 같아요. 그곳에 갇혀 나오려 하지 않죠. 고여있는 물은 당연히 큰 강을 이룰 수 없어요. 부지런히 흘러 커다란 곳으로 나와야 더 큰 바다로 갈 수 있으니까요. 우리의 인생도 작은 것들이 모였으면 밖으로 흘러 나오도록 해야 무엇이라도 할 수 있지 않을까요.

얼마 전부터 조금씩 제가 쓴 글을 다른 사람이 보는 플랫폼에 올리고 반응을 살펴보고 있습니다. 완벽하지 않은 글을 올려 비난이나 비판을 받으면 어쩌나라는 생각은 혼자만의 걱정이었어요. 팔로워 수가 많지는 않지만 함께 공유해주는 분들이 있다는 사실이 다음 글을 쓸 수 있는 용기를 북돋아 주었습니다. 'ㅇㅇㅇ님이 라이킷 했습니다' 라는 알림은 두 손에 쓸 수 있는 힘을 실어주었지요.

매번 완벽한 준비 후 실행에 옮겨야 한다 라는 생각에 사로잡혀 있었습니다. 실패하면 실패했다는 경험 때문에 다음 도전이 두렵고 무서웠으니까요. 때로는 신중한 사람보다 자주 부딪혀 본 사람들이 더 빨리 자신의 길을 찾는 것 같습니다. 준비한 상품을 직접 판매해보고 소비자에게 피드백을 받아 고쳐나가거나, 자신의 글을 블로그나 플랫폼에 올려 인기 있는 글과 그렇지 않은 글을 평가 받으면서 제대로 된 방향을 잡거나 하면서요. 현실과 동떨어진 혼자만의 생각들은 세상과 연결되기 힘든 것 같아요. 지금 계획들을 쌓아두고 있나요? 당신의 좋은 아이디어들은 언제 빛을 보게 될까요?

안타깝게도 인생은 연습을 할 수 없습니다. '나는 항상 잘 해야 해!' '아직 완벽하게 준비가 되지 않았어!'라고 생각하고 있다면 그 마음을 내려놓기 바랍니다. 언제까지 준비만 할 수는 없으니까요.

"가장 작은 걸음이 인생에서 가장 큰 걸음이 되기도 한다. 중요한 것은 내딛는 방향이다. 까치발로 시작하더라도 첫걸음을 떼자."

　　　- 〈결국 해내는 사람들의 원칙〉 앨런피즈, 바바라 피즈

4. 널리 널리 소문낼래요

매년 12월 말이 되면 습관처럼 하는 일, 바로 내년 계획을 세우는 일입니다. 새로운 달력과 다양한 다이어리들이 이 맘 때쯤 쏟아져 나오죠. 또 SNS나 블로그 등에도 그 해 이룬 일과 하지 못했던 일, 그리고 내년에 할 일들에 대한 다짐들이 실시간으로 올라옵니다. '계획'을 하고 지키고 싶은 사람들의 마음은 비슷한 것 같습니다. 그렇지만 계획대로 되는 인생이 있을까요? 계획의 묘미는 따라오는 아쉬움이 있기 때문일지도 모르겠어요. 다이어리의 앞 부분을 보며 '음, 그래, 올 해도 열심히 노력 하려 했군.' 스스로를 칭찬하다가 뒤로 갈수록 한숨이 나옵니다. '올 해도 이렇게 보냈구나.' 항상 다이어리 뒷 부분은 빈 칸이 많이 남아있습니다. 그래도 12월 말이 돌아오면 습관처럼 새 다이어리와 달력부터 찾습니다. 그리고 새로운 다짐을 하죠! 올 해에는 꼭 이룰 거야. 지금 이 책을 읽는 여러분은 올 해 계획했던 일을 얼마나 이루었나요? 아니면 이루고 있나요?

 계획을 지키지 못하는 것은 당연하다고 생각해요. 하루에도 미처 생각하지 못했던 여러 가지 상황이 일어날 수 있기 때문입니다. 어제 계획한 일이 오늘 어떤 일로 인해 틀어지는 경우가 종종 있어요. 일 년치로 생각하면 계획의 절반을 이룬 것만해도 박수를 보내야 할 일이죠. 직장에 소속되어있지 않은 조금 자유로운 사람들은 더욱더 지키기 힘든 것 같습니다. 눈에 보이는 책임이 뒤따르지 않기 때문이겠죠. 예를 들어, 오늘 새벽5시에 일어나서 책 읽기를 할 거야 라는 결심은 지키지 않아도 손해배상이 따르지는 않잖아요. 모든 계획들이 마찬가지 입니다. 그래서 약간의 강제성이 없으면 실천까지 이어지기 어려운 것 같아요. 한 때 버킷리스트를 쓰는 것이 유행인 적이 있었죠. 죽기 전에 꼭 해 보고 싶은 일을 적어보는 것이지요. 버킷리스트는 왜 생겨난 걸까요? 죽음을 앞 둔 사람들의 간절함 때문이 아닐까요?

 초등학교 5학년 아들이 "엄마, 사람은 어차피 죽는데 왜 사는 걸까?" 개구쟁이고 어리게만 본 아들이 이런 질문을 제게 던지니 순간 말문이 막혔습니다. 사실 저도 이런 생각을 종종 했었거든요. 어차피 죽는데 왜 아등바등 살아야 할까. 내가 하고 싶은 대로 살면 안 될까. 그래도 아직까지 살 날이 죽을 날보다 많다고 생각하니 시간을 붙잡고 싶었어요. 또 죽을 때 후회하고 싶지 않았습니다. 못해본 것, 아쉬운 것들이 주마등처럼 스쳐 지나간다면 편안히 눈을 감을 수 없을 것 같았거든요.

아들에게 되물었습니다.

"태어났으니 죽기 전까지는 살아야 하는데 너는 어떻게 살고 싶은데?"

"이름을 남기고 싶어. 죽으면 아무것도 기억하지 못하고 사라지니까. 그래서 죽는 게 무서워. 그리고 일찍 죽고 싶지 않아."

이름을 남기고 싶다는 말에 조금 감동 받았습니다. 매일 게임 이야기만 하던 아이였는데 나름 자신만의 생각이 있었다니 얼마나 다행인지 모릅니다. 아이도 이런 생각을 하는데 30년이나 더 산 엄마는 어떨까요? 부끄럽지만 그냥 저냥 보내버린 날들을, 시간들을 셀 수조차 없습니다. 그래도 마지막으로 꼭 죽기 전에 하고 싶은 것은 '엄마'라는 이름을 아이들이 떠올릴 때 '참 열심히 사셨고 나도 자극을 받아 삶을 헛치레 하고 있지 않다.' 라는 얘기 나눌 수 있는 어느 특별한 하루를 남겨 주고 싶기 때문입니다. 이런 간절함은 마음 속에 간직하고만 있으면 고스란히 나만의 일기장이 될 것 같았어요. 그렇게 되지 않도록 하는 가장 좋은 방법은 주위에 결심을 알리는 거더라고요. 설령 누군가가 자신의 이야기를 듣고 헛웃음을 치더라도 부끄러워하지 마세요. 시간이 흘러 보란 듯이 꿈을 이룬 내 모습을 보여주면 되니까요.

부담 없이 계획을 알릴 수 있는 곳은 먼저 가족입니다. 가장 찐한 반응을 보이기도 하고요. 아니다라고 말해주고 부족한 점은 콕 집어서 말해주니까요. 특히 가정 주부라면 더더욱 아이들과 남편에게 알리는 것이 중요한 것 같아요. 저도 아이들에게 "엄마, 이제 일 할 거야. 그래서 너희들이 학교에서 돌아왔을 때 집에 없는 경우도 종종 있을지도 몰라. 그래도 괜찮지?" 라고 종종 얘기합니다. 언제 일을 할지는 모르겠지만 그래도 말을 합니다.

두 번째는 SNS에 실천하고 싶은 계정을 만드는 방법이 있습니다. 저는 현재 독서 계정을 운영하고 있습니다. 처음에는 정말 될까? 내가 하루에 책 한 권, 아니 일주일에 책을 4권 이상 읽을 수 있을까? 한 달에 10권 이상 읽을 수 있을까라고 의심을 했지만 혼자 하는 약속이 아니라서 그런지 해 내고 있습니다. 주말을 제외하고 일주일에 5일 동안 3권에서 4권의 책을 읽고 읽은 책과 서평을 업로드 해 나가고 있습니다. 그 동안은 한 달에 책 3권 읽으면 많이 읽었다라고 생각했지만 지금은 적어도 한 달에 10권 이상은 읽으니 이만하면 계획을 실천하고 있는 것이겠죠?

자신의 계획이 있다면 널리 널리 소문을 내도록 하세요. 그러면 억지로라도 실천할 수 밖에 없습니다. 이 순간만이라도 입이 가벼운 사람이 되시길 바랍니다.

5. 평범함을 쌓아가며

　우리가 살아가는 나날은 누군가로 인해 살아지는 삶이 아닙니다. 아침에 해가 뜨니까 일어나고 해가 지니까 잠을 자는 거죠. 모든 일상이 무의식적으로 일상에 자리잡은 것입니다. 이런 보통의 일상이 습관으로 한 번 굳으면 고치기란 또 쉽지 않겠죠. 이미 몸에 베어버린 습관을 버리는 일은 더욱더 어려우니까요.

　저는 매일 아침 알람 소리와 함께 몸을 일으킵니다. 무거운 몸을 이끌고 화장실로 향합니다. 찬물로 얼굴을 씻거나 눈이라도 씻어야 겨우 정신을 차릴 수 있어요. 그런 후 이불 정리를 합니다. 차곡차곡 이불 정리를 하면 마음도 깨어날 준비를 하는 것 같거든요. 슬리퍼를 신고 거실로 나와 물 한 잔을 마시고 컴퓨터로 향합니다. 아침 마다 글을 쓰기 위해 컴퓨터

전원을 키지만 무엇을 써야 할 지 떠오르지가 않아 멍하니 있을 때가 더 많기는 합니다. 글을 쓰기 힘든 아침에는 독서를 하기도 해요. 일곱 시가 되면 다시 엄마로 돌아가야 합니다. 일곱 시가 가까워지면 마음이 조급해져서 집중이 흐트러지기도 하죠. 드디어 아이들의 엄마, 저의 본캐 일이 시작됩니다. 밥을 차리고 뒷정리를 하고 수저통, 물통을 챙겨주고 막내 딸 머리도 빗겨주고 준비물은 다 챙겼는지 확인도 하고 배웅을 하고 나면 드디어 아침 일과가 끝이 납니다. 그리고 다시 제 자신으로 돌아 와 이어서 글을 씁니다.

이렇게 꾸준히 해 온 평범한 일상들이 어느 새 시간에 묻혀 몸에 베어 버린다는 사실을 참 뒤늦게 깨달은 것 같아요. 이런 일상이 습관으로 자리매김 하면 우리에게 큰 힘으로 다가올 수 있다는 것을요. 아침에 A4분량의 글을 매일 쓰는 습관을 들이면 두 달에 60개의 글을 완성할 수가 있잖아요. 물론 매일 쓸 수 없는 상황은 일어나겠지만 어림잡아 두 달이면 40개 정도의 글을 쓸 수 있다는 사실을 이제서야 깨달았어요. 그 후 저는 이런 목표로 지금까지 책 세 권의 분량을 쓰는 기적을 이뤄내고 있습니다. 스스로도 '와! 이렇게 하니 정말 되는구나.'를 깨닫고 스스로 뿌듯했어요. 누구든지 이런 습관을 계획해서 하루 하루 실천해 나간다면 이루지 못하는 일이 없을 거라 생각됩니다. 거창하지 않더라도 평소에 내가 했다가 말았다가 하는 일들을 모아서 꼭 이루고 싶은 일을 실천해보는 것부터 시작한다면 달성하는 기쁨도 알 수 있지 않을까요? 다독하는 습관을 들이고 싶다면 조금 구체적으로 분량을 나누어 보는 일이 도움이 많이 됩니다. 일주일에 적어도 한 권, 한 달이면 네 권, 일년이면 60권의 책을 읽을 수 있습니다. 무언가를 이루고 싶다면 매일 꾸준히 하는 습관이 꼭 필요한 것 같아요.

> *"글은 사실 머리도 가슴도 아닌 손으로 쓰는 것이라고, 쓰기를 반복적으로 훈련한 손만이 안정적이고 탄탄한 문장을 써낸다고."*
>
> *– 〈부지런한 사랑〉 이슬아*

월간 에세이로 유명한 이슬아 작가도 반복적으로 꾸준히 노력하는 글쓰는 습관을 강조했습니다. 무언가를 배울 때 손이나 몸에 익을 때까지 무한 반복을 해야 하는 것 같아요. 요가,

발레, 필라테스, 헬스, 수영 등 운동을 배울 때도 같은 동작을 몸이 잘 해낼 수 있을 때까지 반복해서 하잖아요. 아침에 일찍 일어나는 사람은 언제나 일찍 일어나고 늦게 자는 사람은 매일 늦게 자는 것처럼요.

이렇게 꾸준히 해 온 평범한 일상들을 내 삶으로 끌어들여 습관으로 자리잡도록 하면 어떨까요?

6. 나를 채우고 싶습니다

"엉덩이만 뜨겁지 말고, 마음도 뜨겁게 달구어야 합니다.
끓어오르는 뜨거운 마음으로 내 순간순간을 충실하게 채워
야 합니다."

– 〈이토록 공부가 재미있어지는 순간〉 박성혁

학교를 졸업한 후, '공부'라는 단어는 저만치 떨어뜨려 놓고
쳐다보지도 않았어요. 좋아서 공부를 했던 기억은 거의 없었
으니까요. 하지만 지금은 정말 안타까워요. 이제서야 공부하
는 재미를 알았으니 시간이 참 원망스럽네요. 한 창 공부를
해야 할 때 이토록 공부가 재미있다는 사실을 알았더라면 얼
마나 좋았을까요? 하지만 공부는 다 때가 있다는 말은 사실
이 아닌 것 같아요. 마흔을 바라보는 나이에도 배우고 싶다는
열정이 생기니까요. 젊었을 때처럼 펄펄 기운이 나서 힘차게

배우는 건 아니에요. 느리고 천천히 그리고 끊임없이 배우 것이 좋아졌어요. 빨리빨리 익히는 것보다 온 힘을 다해 해 내는 과정이 즐겁습니다. 늦게 배운 도둑질이 무섭다고 하더니 정말 그런 것 같아요. 하나 끝나면 다시 또 하나, 꼬리에 꼬리를 물고 배워나가고 있습니다.

2020년 코로나로 힘들었지만 저에게는 또 다른 배움의 시작이었습니다. 코로나 이전에는 온라인 강의를 찾지 않았습니다. 배우는 것은 직접 눈으로 봐야 한다는 고정관념 때문이었죠. 하지만 집콕만 하고 있다 보니 목마른 자가 스스로 우물을 파게 되더라고요. 집에서 들을 수 있는 온라인 강의가 이렇게 많다는 것을 왜 그 동안에는 몰랐을까요? 물론 온라인 강의와 대면 강의는 장점과 단점이 있습니다. 대면 강의의 장점은 궁금한 점을 바로 질문 할 수 있고 답을 들을 수 있어 답답한 마음을 금방 해소할 수 있어요. 또 눈 앞에서 시연하는 것을 보기 때문에 자세하게 볼 수도 있죠. 그리고 여러 명이 함께 배우니 서로에게 자극도 되고 미처 몰랐던 점에 대해서도 이야기를 나눌 수 있습니다. 단점은 시간과 장소의 제약이 따르고 사람이 많을 시 개개인의 성격에 따라 질문을 하기 어려울 수도 있습니다.

　온라인 강의도 물론 장점과 단점을 가지고 있어요. 먼저 온라인 강의의 단점은 화면의 화질에 따라 다르기도 하고 음질의 문제도 발생할 수가 있다는 점입니다. 또 의사 소통이 자유롭게 이루지기 힘들기도 합니다. 하지만 반복해서 집중적으로 볼 수 있는 장점과 시간과 장소에 제약이 없다는 장점을 가지고 있습니다. 무엇보다 강의를 보면서 바로 따라 할 수 있는 부분이 큰 매력입니다. 밖으로 나가지 않아도 얼마든지 배울 수 있는 세상에 살고 있어 천만다행인 것 같아요. 사람들도 만나지 못하는데 아무것도 할 수 없었다면 외로움으로 스트레스만 쌓여갔을 거예요. 저는 인스타그램 팔로워 수 늘리는 비법, PDF로 책을 써서 돈을 버는 방법, 나만의 스토어 여는 방법, 네이버 블로그로 광고수입 내는 방법 등을 구체적이고 상세하게 듣고 실천해 볼 수 있었어요. 저 사람들은 컴퓨터를 잘 다뤄서 하나보다라고 생각하지 마세요. 저도 처음에는 그렇게 생각했지만 직접 해 보니 약간의 두통이 있을 뿐 어렵지 않았거든요. 혼자서 얼마든지 할 수 있습니다.

온라인 강의는 정말 쉽게 찾을 수 있어요. 클래스101, 탈잉, 숨고, 크몽, 클래스톡, 솜씨당, 아이디어스 금손 클래스 등이 있죠. 먼저 나에게 맞는 강의를 찾아 목적에 맞게 신청할 수가 있습니다. 온라인으로 직접 가서 배우던 기술을 디테일하고 조금 더 깊게 배울 수도 있고 일대일 문의도 할 수 있어서 취미로 배우려는 분들에게 좋은 것 같습니다. 초보자 코스를 경험해보고 자신과 맞는지 그리고 꾸준히 할 수 있는 일인지 미리 경험 해 볼 수도 있다는 장점이 있지요. 더 나아간다면 다른 사람의 강의를 듣고 배우기만 하다가 내 안에 숨어있던 좋은 콘텐츠를 발견해 온라인 강좌를 만드는 사람들도 늘고 있습니다.

언어를 조금 할 수 있는 사람이라면 한국에서만 강의를 찾지 않아도 됩니다. 저처럼 캘리그라피를 하는 분들은 해외 강의도 많이 듣습니다. 직접 가서 배우는 것이 힘들기 때문에 다양한 플랫폼을 통해 해외에서 유명한 분들의 강의를 찾아 듣는 거죠. 언어를 잘 못해도 우리에게는 번역을 할 수 있는 다양한 매체들이 있으니 겁내지 마세요. 자신이 배우고자 하는 마음이 있으면 언제 어디서든 배울 수 있습니다.

이제는 배움에 있어서 나이도 장소도 시간도 문제가 되지 않습니다. 다만 내 안에 배움에 대한 열정을 태울 준비가 되어있는지에 대한 마음가짐이 중요합니다. 끊임없이 배우는 자세는 나태해지려는 자신을 일으켜 세워 하루하루를 채워가는 과정인 것 같아요. 그리고 꺼져가는 마음에 불씨를 지피는 일도 바로 배우려는 열정이 아닐까요?

마음의 불씨를 꺼뜨리지 않고 매 순간을 채워나갔으면 합니다.

마음 속으로 생각만 하던 일을
행동으로 옮깁니다

1. 일단 할 수 있는 일부터

　불행인지 다행인지 어느 날 우리를 찾아온 코로나 바이러스는 사람들의 삶도, 제 삶도 바꿔놓았습니다. 밖으로 나갈 수도 없고 사람들도 만날 수 없으니 무엇을 할 수 있었을까요? 처음으로 고립되는 기분을 느껴본 것 같습니다. 그래도 우리들은 어떻게 해서든지 살아가려고 애를 쓰더군요. 지치고 고달파도 버티고 또 버티면서 살아남으려 노력했고 지금도 진행 중입니다. 더 이상 벽에 가로막혀 앞으로 나아갈 수 없더라도 포기 하지 않았습니다. 대신 뒤돌아 서서 다시 앞을 보고 보이지 않는 길을 닦으며 나아갑니다. 저에게도 그런 힘이 있었어요. 저는 누군가가 옆에서 계속 응원을 해 주어야 앞으로 한 발짝 나아가는 사람입니다. 그렇지 않으면 생각만 한가득 짊어지고 답답하게 살아갈 수도 있어요. 생각만 많아서 바로 행동으로 옮기는 일이 제게는 왜 이리도 힘든지 모르겠습니다. 저도 고립된 생활을 하다 보니 답답한 그 마음을 채울 수 있는 무엇인가가 필요했던 것 같아요. 이참에 그 동안 관심만 있고 시간이 없다, 바쁘다, 피곤하다라는 핑계로 미뤄만 왔던 '배움'을 드디어 시작했습니다. 주로 집에서 할 수 있는 온라인 강의를 하나 둘씩 찾아 듣기 시작했습니다. 배우고 싶었던 것들이 많았는데 그 한을 풀 듯 한 달에 몇 개씩 들었습니다. 되도록이면 배우자마자 쉽게 따라 할 수 있는 강의를 찾아 들었습니다. 그렇지 않으면 또 묻어만 둘 것 같았거든요. 이번에는 듣자마자 바로 행동으로 옮길 수 있는 실무 위주의 온라인 강의를 들었습니다. 듣다 보니 제 나름대로 와닿는 부분이 있어 정리를 해 봅니다.

첫째, 정해진 기간에 무한 반복이 가능하다.

저는 질문을 적극적으로 하는 사람이 아니라 이런 부분에서 상당히 매력을 느꼈어요. 잘 모르고 안 되는 부분을 계속 반복해서 보면서 완전히 익힐 수 있었거든요.

두 번째, 천천히 듣기도 가능하고 스킵도 가능하다.

반면 지루하거나 한 번에 알아들은 내용을 길게 설명하거나 반복 설명하는 거는 또 못 견딥니다. 이럴 때 보면 제 안에 몇 명의 사람이 숨어있는지 모르겠어요. 변덕이 하늘과 땅을 오가니 정신 줄 부여잡고 살고 있습니다.

세 번째, 자신의 속도에 맞게 진도를 나갈 수 있다.

가끔 빠르게 진도를 나가고 싶을 때도 있고 잘 모를 때는 천천히 진도를 나가고 싶을 때가 있어요. 온라인 강의는 이런 부분을 채워줘서 끊기지 않고 한 호흡으로 진도를 뺄 수 있어 동기부여가 잘 이루어졌던 것 같습니다.

네 번째, 달성 할 수 있는 미션과 질문 창이 있어 중도에 포기하지 않을 수 있다.

클래스마다 조금씩 다르기는 하지만 도전하는 사람에게 매번 미션을 주고 달성하면 조그만 혜택들도 받을 수 있어 끝까지 할 수 있었어요. 아주 작은 거라도 공짜로 뭔가 준다고 하면 왜 이렇게 목숨 걸고 하는지 이런 심리를 잘 활용한 것 같았습니다.

모든 클래스를 섭렵해서 듣지는 못했지만 저는 주로 두 곳에서 들었어요. 제가 들었던 클래스는 CLASS101과 탈잉이었습니다. 각 각 장점과 단점이 있어서 자신에게 맞는 클래스를 선택하면 될 것 같습니다. CLASS101은 오프라인으로도 가르치는 분들이 올리는 클래스가 많아서 전문적인 스킬을 익힐 때 주로 들었어요. 캘리그라피, 책 제작, 가죽 공예, 온라인 상점 열기 등 오프라인에서 배우고 싶은데 하지 못해서 온라인으로라도 감각을 계속 유지하고 싶을 때 이용했습니다. 두 번째는 탈잉 온라인 수업을 들어봤어요. 탈잉에서는 주로 단 기간에 바로 바로 따라 할 수 있는 클래스를 들었습니다. 전자 책 내기, 인스타 그램 시작하기, 사진 잘 찍는 법 등 비교적 부담 없이 배웠던 것 같아요. 이렇게 보면 온라인 강의를 선전하는 사람처럼 보일지도 모르겠어요. 분명 그런 것은 아니고 제 스스로가 일어설 수 있는 힘을 얻었기에 계속 강조하게 됩니다.

그래도 아직까지는 오프라인 수업을 선호하는 편입니다. 직접 보고 배우고 옆에서 잘못된 부분을 알려주어야 제대로 배울 수 있다고 생각하기 때문이에요. 그리고 함께 배우는 분들이 하는 질문들로 생각 못했던 부분까지 알아가는 재미가 있습니다. 아이들도 현재 온라인 수업을 어쩔 수 없이 하지만 오프라인 수업이 필요하다는 사실을 부인할 수 없는 것처럼요. 사람들과의 교류, 서로 다른 생각들 공유, 직접 지도를 받아 수정하는 과정을 통한 성장 등은 오프라인 수업에서 많이 느낄 수 있는 것 같아요. 가장 좋은 방법은 온라인과 오프라인을 병행하는 게 아닐까요? 온라인으로 배우고 부족한 부분은 오프라인으로 채워가는 방법도 좋을 것 같습니다. 온라인이든 오프라인이든 배우고 묵혀두지 않았으면 해요. 중요한 점은 배웠으면 바로 실천하는 행동입니다. 학생 때부터 듣던 말 기억나시나요?

"오늘 배운 것은 오늘 복습해라!"

저도 제 아이들에게 매일 같이 얘기해요. 그 때는 지키지 못했지만 지금은 이 말의 중요성을 절실히 느낍니다. 묵혀두는 공부는 하지 않는 것과 같습니다. 시간이 없다, 피곤하다라는 핑계를 잠시 미뤄두고 관심 있는 분야를 배우는 일을 시작하세요. 어렵지 않아요.

배웠으면 할 수 있는 일부터 바로 행동으로 하는 거 잊지 않으셨죠? 일단 할 수 있는 일부터 시작해 볼까요?

 ## 2. 빈 손으로 시작합니다

온라인 클래스나 오프라인 클래스에서 배울 만큼 배웠으면 이제 밖으로 내 보내는 일을 해 볼 차례입니다.

하고 싶은 일을 도대체 어떻게 시작 해야 할까요? 참 이상해요. 두드리는 사람에게는 항상 문이 열립니다. 반면 가만히 있는 사람에게는 아무 일도 일어나지 않습니다. 관심을 가지고 정보를 찾기 시작하면 어디서 들었든지 보았든지 번뜩 생각이 납니다. 저도 그랬어요. 글을 써서 출판을 하고 싶다라는 생각을 가지고 나니 글쓰기를 할 수 있는 길이 자꾸만 눈에 보였습니다. 또 캘리그라피로 무엇을 해 볼까라고 생각하니 시도할 수 있는 다양한 아이디어가 보였습니다.

글쓰기

제 인생 목표들 중에 하나는 단행본으로 내 책 출판하기 입니다. 그 이후로 계속해서 책을 내는 작가가 되면 더 바랄 나위도 없겠지요. 300쪽 이상 되는 한 권의 책을 쓰는 작가라는 분들은 대단해 보이지 않나요? 처음에는 저도 절대로 할 수 없는 일이라고 생각했어요. 하지만 글 쓰는 일은 왜 이리도 신이 나는 건지 심지어 다른 이들의 글을 보는 것도 즐거웠어요. 엄마로써 아이들 글을 봐 줄 때에는 제가 더 신나고 재미있었습니다. 글을 꾸준하게 써야 책 한 권의 분량을 쓸텐데 사실 꾸준히 쓰지는 못했습니다. 썼다 안 썼다를 반복해서 불규칙한 글쓰기를 주기적으로 쓸 수 있는 장치가 필요했어요.

1. 블로그

요즘에 다시 부활한 '싸이월드'를 아시나요? 처음 블로그를 접했을 때 그 느낌을 가지고 접근을 했습니다. 나만의 공간에서 글을 쓰고 사진을 올리는 하나의 방처럼 생각하며 시작을 했습니다. 블로그와 잘 맞는 사람은 글을 주로 길게 쓰는 것을 좋아해야 합니다. 또 어떤 글을 올릴 때 사진을 포함해서 자세하게 설명도 해야 합니다. 그런데 저는 꼭 정보를 제공하는 느낌으로 글을 쓰고 있다는 느낌을 받았어요. 블로그는 이렇다라고 정의를 내릴 수는 없지만 점점 제 글을 쓰기보다는 무언가를 홍보하는 느낌이 들었습니다. 그리고 반응이 바로바로 있지 않아 저와는 맞지 않았던 것 같습니다.

2. 브런치

브런치는 일단 작가 심사를 통과해야 합니다. 저는 운 좋게 한 번에 통과를 했고 다행히 저랑 잘 맞는 플랫폼이었습니다.

첫 번째는 내 글에 대한 반응을 바로 알 수 있다.
두 번째는 출판의 기회가 있어 출간 희망을 버리지 않는다
세 번째는 다양한 장르의 글을 써 볼 수 있다

세 가지 장점으로 글을 꾸준히 쓸 수 있었어요. 나만의 공간을 가지고 있다는 자부심도 있었고요. 글을 써 놓고 저장을 했다가 나중에 다시 고쳐서 발행을 할 수도 있어서 유용했습니다. 여기 저기 흩어져있는 글들을 모두 모아 한 곳에 저장을 해 놓고 필요할 때 꺼내볼 수도 있었어요. 언젠가는 나의 글을 보고 함께 책을 내보자고 제안을 해 줄 수도 있다는 기

대감을 가지며 꾸준히 쓰고 있습니다.

3. 인스타그램

이 플랫폼도 제가 꾸준히 쓰고 읽기 위해 만든 장치 중에 하나입니다. 스스로 '해야지'라고 생각하면 정말 생각만으로 그치는 것 같아요. 인스타그램은 여러 개의 계정을 만들 수 있어서 목적에 맞게 이용할 수 있는 장점이 있습니다. 현재 저는 3개의 계정을 가지고 운영하고 있습니다. 그 중 독서 계정을 꾸준히 하려고 노력하고 있어요. 책을 읽고 리뷰를 한 달에 10편 이상을 쓰다 보니 글쓰기 실력이 예전에 비해서 발전할 수 밖에 없는 것 같습니다. 인스타그램은 너무 길게 쓰지 않아도 되고 핸드폰으로 사진을 찍어 바로 올리는 간편함 때문에 더욱더 자주 이용하고 있네요.

캘리그라피

캘리그라피를 아시는 분들도 있지만 보통은 물음표를 떠올리는 분들이 더 많을 것 같습니다. 그만큼 생소하고 제대로 아는 사람이 별로 없는 것 같아요. 저도 한 참을 혼자 고민하고 찾아보다가 이제서야 조금씩 그 길로 가고 있습니다. 캘리그라피도 글쓰기와 같은 플랫폼을 쓰고 있습니다. 블로그, 인스타그램, 브런치를 통해 결과물을 꾸준히 올리고 있어요. 결과물을 온라인으로 판매도 해 보고 싶어 온라인 상점을 열기도 했습니다. 상점에 입점을 할 때는 돈이 들지 않습니다. 상품 판매를 시작했을 때는 그에 해당하는 수수료가 있기는 하지만요. 또 유튜브에도 결과물을 올릴 수 있어요. 저는 유튜브의 유자로 몰랐던 사람 중에 한 명이었지만 지역 마다 창업 교육을 무료로 해 주는 곳에서 배운 후, 유튜브 채널을 개설해서 영상을 올리기도 했습니다.

현재 결심을 하면 길이 보인다는 말을 직접 느끼고 실천하고 있습니다. 무언가를 시작할 때 준비가 안되어 있다는 말이 핑계라는 걸 하나 하나 해 보면서 알았어요. 거창하게 완벽하게 준비를 한 후 시작을 하자고 하면 아마도 평생 못할 수도 있습니다. 작은 일부터 일단 시작하면서 자신에게 맞는 일을 찾아가는 방법도 좋은 것 같아요. 굳이 비싼 비용을 들이지 않아도 시작할 수 있습니다.

3. 비슷해 보이지만 솟아날 구멍은 있어요

요즘에는 수많은 영상들과 다양한 콘텐츠가 매일같이 쏟아지고 있습니다. 사실 자신의 콘텐츠를 잘 운영하는 사람이 너무나 많아 과연 내가 끼어들 자리가 있을까라는 고민을 한참 했었어요. 하지만 잘 살펴보면 같은 분야에서 모두들 수많은 뿌리를 내려가며 자신이 하고 싶은 것을 하고 있습니다. 도서 분야를 보면 시, 에세이, 소설, 인문, 사회, 문학, 육아 등으로 크게 나누잖아요. 그리고 나서 그 밑으로 각 자의 색깔이 담긴 다양한 책들이 쏟아져 나오죠. 같은 장르지만 같은 생각을 하는 사람이 없다는 점을 눈 여겨 봐야 해요. 하물며 매일 쓰는 연필이나 볼펜도 똑같은 문구류는 없어요. 색깔, 디자인, 용도 등이 조금씩 모두 다릅니다.

'이미 누군가가 하고 있는데 내가 해 봤자 경쟁력도 없고 아이디어도 떠오르지 않아.'라는 생각이 들죠? 유명한 피카소의 말이 떠오릅니다.

> "내가 남의 것을 베낀다고? 난 절대 남의 것을 베끼지 않아.
> 다만 훔칠 뿐이지."
> 피카소는 맹목적으로 따라하지 않았다. 그는 남의 관심사나
> 아이디어를 가져오면서도 언제나 그것을 새롭게 재창조했다.
> — 〈아트인문학:틀 밖에서 생각하는 법〉 김태진

오늘부터 눈을 크게 뜨고 피카소처럼 생각해 볼까요? 분명 자신만의 생각이 떠오릅니다. 같은 감성에세이라고 해도 사람마다 경험한 일들이 다르기 때문에 자신의 색을 녹여 쓰면 또 다른 글이 나옵니다. 수많은 책들이 있지만 같은 분야의 다른 책들을 읽는 이유는 책들마다 주는 느낌이 달라서잖아요. 저도 집에 수 십 권의 에세이 책이 있지만 작가마다 가지고 있는 생각과 말이 모두 달라요. A라는 작가에게서는 용기를 얻고, B라는 작가에서는 위로를 받거든요.

모두 같은 분야에서 출발하지만 자신만의 색깔이 있다는 사

실을 잊지 않았으면 좋겠어요. 책을 읽다가 '아! 나도 이런 경험이 있었는데.' 로 생각을 시작하면 같은 주제지만 다른 경험들이 막 뿜어져 나오거든요. 비슷한 주제지만 다른 아이디어를 얻어 내 거로 만드는 경우도 흔하죠.

예전에는 바로 옆에 같은 업종의 가게가 있으면 상도덕에 어긋나는 일이라고 생각했었어요. 요즘은 어떤가요? 커피 거리에는 커피 집이 즐비해 있고 닭갈비 음식점 거리가 아예 만들어져 있어요. 그렇다고 그들이 전부 같은 맛을 가지고 있지 않아요. 이 집에서는 매콤 새콤한 맛, 저 집에서는 달콤 쌉싸름한 맛을 냅니다. 처음에는 커피 집 옆에 또 커피 집이 있어서 과연 잘 될까? 둘 중에 하나는 장사가 잘 안되지 않을까라는 생각을 했지만 그건 저의 지나친 걱정이었어요. 우리는 모두 다른 취향과 입맛을 가지고 있다는 것을 새삼 깨달았습니다.

좋아하는 일을 하고 싶다면 그 분야를 집중적으로 탐색 해보면 좋습니다. 잠재되어있던 아이디어가 번뜩 떠오르기도 하고 잘 되는 것과 잘 안되는 것을 가려낼 수가 있어요. 나보다 먼저 시작한 선배님들에게서 배울 점이 많으니 움츠러들지 마세요. 내가 첫 발을 내딛기 전에 누군가가 먼저 닦아주어서 더 좋습니다. 어떤 길로 가야 할 지 알려주고 있는 셈이니까요. 맨 땅에 헤딩하지 마세요.

제가 좋아하는 명언들이 몇 가지 있습니다.

'모방은 창조의 어머니다.' - 아리스토텔레스
'두드려라, 그러면 문이 열릴 것이다.' - 마태복음
'운명은 스스로 만들어 가는 것이다.' - 세네카

어떤 가요? 오늘부터 관심 분야에 들어가서 어떤 아이디어를 얻을 수 있는지 살펴보세요. 자신의 취향과 비슷한 영역을 발견했다면 조금씩 바꿔서 나만의 것으로 아이템이나 콘텐츠를 정해 닫혀있던 문을 열어보세요.

4. 혼자 쓰던 글, 출판까지

머리로만 생각하면서 언젠가 책을 내야지라고 생각만하고 있었습니다. 실천으로 겨우 옮기기 시작한 일이 브런치에 글을 쓰는 일이었어요. 그 이후에 출판까지 쭉쭉 이어지면 좋겠지만 책을 내는 일도 독자가 읽고 싶은 주제의 글이어야 출판까지 이어지는 것 같아요. 사실 지금도 계속 고민 중이에요. 쓰고 싶은 주제를 잡아서 글을 쓰고 있지만 '과연 이 글이 내가 쓰고 싶었던 글일까?' 이런 질문이 들기 시작하면 쓰던 손을 잠시 멈추게 됩니다. 그리고 그 글들은 파일 보관함에서 곤히 잠을 재웁니다. 하루에도 수많은 책들이 쏟아지는데 어떻게 이름도 알려지지 않은 내가 책을 낼 수 있을까라는 질문도 매번 합니다. 무작정 해보자, 생각만 하지 말고 해보자라고 스스로에게 말하지만 잘 되지 않습니다.

저는 책을 어떻게 내는 것이고 출판사는 무슨 일은 하며 편집자라는 사람은 누구인지도 모르고 글만 쓰는 사람이었어요. 책을 읽고 리뷰를 쓰는 일을 하면서 출판에 관한 책을 읽게 되었습니다. 그 이후, 출판이 어떤 일이며 편집자가 책 한 권에 쏟는 정성을 알게 되었고 또 책에 둘러져 있는 띠지는 왜 만드는지 등에 대해서도 알게 되었어요. 출판사에 무작정 내 글을 보낼 테니 읽어봐 주세요라고 하면 출판사 메일함에서 영원히 읽히지 않는 메일이 될 수도 있다는 것도 그 때 알았어요. 아무 것도 모른 채 글만 쓰는 아기였죠. 지금도 계속 배워가며 글을 쓰며 출판에 도전하고 있습니다. 글을 쓰는 사람들은 자신의 책을 출간하고 싶은 로망을 가지고 있어요. 적어도 저는 그랬습니다. 그래서 열심히 두드렸어요. 두드리면 길이 보인다고 했죠? 이곳 저곳 알아보다가 글을 함께 쓰는 모임에 참여하게 되었어요. 요즘 온라인 강의뿐만 아니라 온라인 모임도 많이 있습니다. 독서 모임, 글 쓰는 모임, 낭독 모임, 창업 모임, 러닝 크루 등 같은 관심을 가진 사람들이 함께 모임을 가지면서 꿈을 키워가고 있더군요.

처음에는 책을 내는 일이 두렵기도 하고 자신도 없었어요.

다행히 공동집필로 함께 책을 내는 프로젝트가 있어서 용기를 내어 참여해 보기로 했습니다. 같은 주제로 8명이 4가지 주제의 글을 쓰고 종이 책으로 출판까지 하는 프로젝트였어요. 글을 쓰는 것은 자신있다고 생각했기에 신청을 했지만 같이 하는 분들의 글 솜씨가 너무 좋아 기가 죽었었죠. 처음에는 지루한 것 같기도 하고 문장이 너무 긴 것 같기도 한 제 글이 당연히 마음에 들지 않았어요. 통통 튀는 글을 쓰고 싶지만 제 마음과 다르게 글이 써 졌습니다. 가장 두려웠던 부분은 개인적인 일을 쓰는 부분이었습니다. 별 것 없는 인생인지만 그래도 발가벗겨진 기분이 들었거든요. 제 글을 보고 무엇인가 더 얘기할 부분이 있는 것 같은데 밖으로 나오지 않은 것 같다라는 피드백에 뜨끔하기도 했어요. 애매모호한 부분은 살짝 가려버렸더니 역시 들통이 나 버렸습니다. 글은 거짓말을 하지 않다는 말을 다시 한 번 마음에 새기게 되었습니다. 초고를 쓰고 여러 번 다듬으면서 전부 갈아 엎기도 했고 볼 때마다 다시 쓰고 싶은 기분에 좌절하기도 했습니다. 4편의 글을 쓰는 기분이 이러한데 책 한 권을 내는 일은 더하겠죠? 먹지도 마시지도 못하고 하루 종일 글자들이 머리 속을 헤집고 다닐 것 같아요. 물론 저도 최종 원고 마감을 보내기 전까지 만족스럽지 못했어요. 어느 작가가 자신의 글에 만족을 할까요? 글이란 그냥 타자를 두드리거나 연필로 끄적거려 완성되는 일이 아니잖아요. 한 권의 책 분량의 글을 쓴다는 것은 글쓴이의 온 몸을 쥐어짜는 것과 같으니까요. 또 책으로 출판을 한다는 것 즉 자신의 글을 쓴다는 것은 곧 그 글에 대해 책임도 져야하니까요. 그래도 어찌 어찌해서 드디어 출판 계약서를 쓰고 도장을 찍으니 나오기는 나오나 보다라고 실감이 났어요. 그래도 책이 나오면 아무에게도 보여주고 싶지 않은 이 마음은 뭘까요? 제 글만 쏙 빼고 다른 이들의 글만 보여주고 싶었어요.

공동 집필은 혼자 집필하는 점과 조금 다른 것 같습니다. 8명이 각 자의 글을 쓰지만 주제에 맞게 글을 써야 하고 다른 작가들에게도 피해가 가지 않도록 노력해야 하는 부분들이 있어요. 그렇지만 서로의 글을 보면서 방향을 잡아갈 수 있고 힘들고 어려운 부분을 공감할 수 있어 글을 쓰는 부담이 조금은 줄어들었던 좋은 점들이 있었습니다. 7명 작가님들은 모두 저보다 나이가 어려서 자칫 제 얘기가 "라떼는 말이야~"라는 글로 비춰질까 봐 조심스럽기도 했어요. 그래서 출판사

대표님께도 재차 물었죠. "나이가 많아도 상관 없나요?" 40이 넘어서야 책을 쓸 생각을 실천으로 옮기니 쑥스럽고 나는 왜 저 나이 때 못했나 부럽기도 했습니다. 하지만 박완서 작가님도 마흔 무렵부터 글을 쓰셨다는 말에 위안을 받고 용기를 내고 있습니다.

혼자서 할 엄두가 안 나면 여럿이서 함께 하는 것도 방법입니다. 책을 낸다는 일은 어렵고 힘든 일이지만 함께하면 분량에 대한 부담감도 줄어들고 알차게 자신의 이야기를 할 수 있다는 장점이 있어요. 또 자신의 글도 꾸준히 쓸 수 있는 계기가 될 수 있습니다. 저도 그 이후부터 열심히 글을 써서 단행본을 내 보겠다는 욕심이 생겼어요. 이렇게 한 권의 분량을 쓰고 있으니 적어도 꿈 하나를 또 하나 이룬 셈이겠죠?

하고자 하는 일이 있으면 생각하는 순간 길이 보이는 것 같습니다. 그러면 누군가가 도와주기도 하고 응원을 해 주기도 해요. 혼자서 모든 일을 하기는 힘들잖아요. 혹시 혼자 끙끙대고 있다면 오늘부터 누군가와 함께 글을 쓰기 시작하면 어떨까요? 출판이 꿈이 아니라 다른 꿈을 꾸고 있는 분들도 누군가와 함께 하면서 긍정의 힘을 얻고 서로 배우면서 앞으로 나아갈 수 있다고 생각합니다. 저처럼 출판의 '출'자도 몰랐던 사람도 꿈 하나를 이루어 내었으니까요. 내가 몰랐던 길을 누군가가 열어주는 행운도 뒤따를 수 있습니다.

누군가의 잠자고 있는 꿈들이 현실로 이루어지기를, 꼭 도전하기를 바래 봅니다.

5. 1인 기업으로 홀로서며

책을 한 권 내 보았으니 또 다른 재능도 그대로 꿈으로만 간직할 수 없잖아요.

1. 책을 내는 작가가 되기
2. 독서를 하면서 서평을 하기
3. 캘리그라피로 프로 되기

제가 가진 재능 중 가장 사업 아이템으로 쓸만한 것은 3번이었습니다. 자꾸 쓰지 않으면 손도 머리도 굳는 것을 방지하기 위해 끊임없이 돌아가는 구조를 만들 필요도 있었죠. 그래서 상품을 만들어 보기로 했습니다. 단, 주문이 들어와도 억지로 꾸역꾸역 하지 않고 좋아하면서 그리고 즐기면서 할 수있는 상품을 찾기 시작했어요. 하지만 상품으로 구체화 시키는 일은 만만한 작업이 아니었습니다. 일단은 나만의 스토어는 만들어 놓은 셈이니 주문이 들어오지 않아도 크게 실망하지 않으려 합니다. 상품을 판매하는 일은 또 다른 마케팅이 필요한 것 같아요. 그래도 계획했던 대로 물건을 판매하기 위해 작은 것들부터 시도해 보았어요.

1. 스마트 스토어 도전해보기
2. 아이디어스에 내 상품 올리기
3. 크몽과 숨고에 작가 등록하기
4. 사업자 등록하기

저처럼 상품을 판매하는 분들 또는 프리랜서 분들은 위의 네 가지는 기본으로 가지고 있는 것 같습니다. 저도 하나 하나 승인을 받아 보았습니다. 그러다 보니 어느 새 제 이름으로 된 온라인 스토어를 가지고 있는 1인 사업가 되었네요. 매출은 적지만 언젠가 매출이 많아질 날을 기대하며 저와 맞는 방향의 판매를 찾고 있습니다. 매출이 0원이든 스토어에 입점을 못하든 그것은 중요하지 않은 것 같아요. 준비하는 과정에서 배울 수 있는 것들이 많기 때문이죠.

첫 번째, 온라인 스토어를 생성하는 과정을 배울 수 있다.

두 번째, 그 과정에서 자신에게 부족한 부분은 파악할 수 있다.

세 번째, 발전하기 위해 또 다시 부딪히고 앞으로 나아가려는 열정이 생긴다.

세 가지 이유 이외에도 장점은 많이 있을 거예요. 성공 여부를 떠나 한 번쯤 시도해 보면 좋을 것 같습니다. 하나를 마무리하면 또 다른 하나 그리고 그 다음을 이어서 할 수 있는 연결 고리를 계속 만들어 주기 때문입니다. 이런 과정에서 자신에게 맞는 구조를 알아가기도 하니까요. 또 판매를 하는 일이 자신에게 맞는지 여부도 시도해 봐야 알 수 있다고 생각해요. 저도 과연 물건 판매가 나에게 맞는지 고민 중입니다. 매출을 많이 올리시는 분들은 자신만의 아이디어를 끊임없이 상품으로 만들어 내는 작업을 하셨을 거예요. 그런데 저는 달랑 몇 개만 올려놓은 상태라 판매를 기대하기는 어려운 것 같아요.

그럼에도 시도해 보라고 말하고 싶습니다. 무언가 직접 해 보지 않으면 아무것도 할 수 없을지도 몰라요. 여러 가지 시도를 다양하게 해 보면서 꼭 판매를 하지 않아도 나 자신을 홍보할 수 있는 매체로 연결이 될 수도 있습니다.

1인 사업가로 홀로서기 두렵지 않습니다.

6. 내 안에 다양한 모습을 이제야 마주합니다

몇 년 전부터 본캐와 부캐라는 단어가 당연하다는 듯 쓰이기 시작했습니다. 살면서 본캐는 몰라도 부캐라는 것을 생각하게 될 줄은 몰랐네요. 요즘에는 하나의 직업에 올인 하기보다 본업이 외의 직업으로 또 다른 수익을 얻고 있는 사람들이 늘고 있어요. '부캐'라는 단어를 사용하지 않았을 뿐 꽤 많은 분들이 제 2의 직업, 제 3, 4의 일을 하고 있습니다. 부캐라는 단어의 매력은 어쩌면 지금의 빡빡한 삶에서 벗어나 숨도 쉬고 금전적 여유까지 부릴 수 있기를 꿈꾸기 때문이 아닐까요. 최근 들어 '파이어 족'이라는 용어도 자주 듣는 것 같아요. '파이어'란 (Financial Independence Retire Early) 경제적 자립, 조기 퇴직의 첫 글자를 따 만들어졌고, 고소득, 고학력 전문직을 중심으로 지출을 최대한 줄이고 투자를 늘려 재정적 자립을 추구하는 생활방식이라고 합니다. (출처:두산 백과) 현재 40대, 빠르면 30대에 은퇴를 목표로 수입의 절반 이상을 저축하고 있는 사람들이 많다는 사실에 놀랐어요. 저는 그렇게 빨리 은퇴라는 단어를 꿈꾸고 있지는 않았거든요. 30대와 40대에 은퇴라니 정말 꿈 같은 일이지 않나요? 결국 은퇴도 은퇴지만 재정적 자립을 추구하려 하는 게 요즘 사람들의 생각인 것 같아요. 돈에 얽매이지 않고 일을 하며 자유를 추구하는 삶을 점점 더 갈망하는 거죠. 자기 소개를 할 때도 "본캐는 뭐고, 부캐는 뭐 입니다."라고 말을 합니다. 그만큼 여러 개의 직업을 가지고 있는 일이 흔한 일이 되어가고 있습니다.

여러분은 본캐와 부캐를 생각해 본 적이 있나요? 제 본캐는 주부, 부캐는 작가지만 점점 본캐와 부캐과 뒤바뀌고 있는 것 같습니다. 아이들이 커 갈수록 가사는 점점 줄어들고 육아는 아이들을 돌보는 일보다는 튜터의 역할로 변하고 있으니 그나마 조금씩 여유가 생깁니다. 아이들도 커갈수록 엄마의 간섭을 멀리 아주 멀리 하고 싶어 하잖아요. 요즘 큰 아이와 미술을 같이 배우러 가지만 학원 안에서는 남이 된 듯 각자 그림을 그리거든요. 두 번 물으면 짜증을 내는 아이들에게 정말 한마디 해 주고 싶어요.

"너네들은 어렸을 때 같은 질문을 수십 번도 더 했거든!"

본캐와 부캐가 꼭 구별이 되야 하고 모두 있어야 하는 것은 아니지만 인생을 바라보는 시선이 달라진 건 확실한 것 같아요. 일정한 돈이 나오는 회사를 관두고 여러 곳에서 일을 하면서 수입을 내는 분들도 있고, 사이드 잡의 몸집이 점점 커져 본업을 버리는 분들도 있습니다.

부캐를 하려는 이유 중 하나는 자신이 좋아하는 일을 해 보고 싶은 마음이 제일 큰 것 같아요. 저도 좋아하는 일을 하고 싶어서 시작을 했거든요. 좋아하는 일을 쫓아가다 보니 이쪽 길, 저쪽 길 여러 방향으로 경험을 하게 되었어요. 돈을 쫓아가면 그 끝이 대부분 좋지 않았지만 마음을 쫓아가면 언젠가는 내가 빛나는 순간이 오는 것 같아요. 글을 쓰고 싶고 내 책을 내고 싶은 마음으로 조금씩 도전하니 책을 낼 수 있는 기회까지 얻을 수 있었고, 또 캘리그라피도 '배워서 뭐에 쓸 수 있지?'라고 수도 없이 생각했지만 좋아하고 즐거워 그만두지 않고 꾸준히 하니 조금씩 일감도 들어오고 가르칠 수 있는 기회까지 가지게 되었습니다. 어느 날, 캘리그라피를 함께하는 분들과 얘기하면서 이런 대화를 한 적이 있어요.

"이거 언제까지 배워야 할까요? 왜 계속 써야 할까요?"
"만약 누군가가 일을 주려고 할 때 준비가 되어있지 않으면 일을 받지도 못하고 자신이 없어 할 수 없을 거예요. 내 일에 책임지고 당당히 해야 하는데 내 자신에게 자신이 없으면 못해요. 그래서 꾸준히 실력을 키워 놓아야 해요"

정곡을 찌르는 답변이었습니다. 그 후로 '왜'라는 저를 괴롭힐 때면 이 말을 생각합니다. 과연 그런 날이 올까 했지만 조금씩 옵니다. 자신을 달래기도 하고 토닥거리면서 꾸준하게 달려가다 보면 언젠가 내가 쓰일 날이 있을 거예요.

본캐 : 가사, 육아 담당 전업주부
부캐 : 캘리그라피 작가, 글 쓰는 작가, 독서 서평

저는 이렇네요. 여러분은 어떤 다양한 삶을 살고 있나요?

7. 지금의 내 모습이 내일의 '나' 이니까요

누구나 한 번쯤 꿈꿔봤을 것 같습니다. 퇴사를 한 후 돈 걱정 없이 가고 싶은 곳을 여행하며 하고 싶은 일을 마음껏 하기를요. 매일 아침 일찍 일어나 무거운 몸을 이끌고 회사로 향할 때마다 이런 생각이 들기도 합니다.

'언제까지 이렇게 살아야 할까?'

은퇴하는 시간이 빨라지면서 많은 사람들이 남은 삶을 어떻게 살 건지에 대해 고민을 하고 있습니다. 되도록 빨리 은퇴해서 자신이 원하는 삶을 살고 싶어하기도 합니다. 그 열망은 점점 더 강해지는 것 같아요. 현재 살고 있는 곳을 벗어나 낯선 곳에서 혹은 살아보고 싶었던 곳에서 한달 살기를 하는 사람들도 있잖아요. 차근차근 자신에게 맞는 인생을 계획하기 위한 과정일 거예요. 예전처럼 한 직장에서 평생을 바치는 시대는 점점 사라지고 있는 것 같아요. 직장을 다니면서도 끊임없이 자신이 원하는 것을 찾으려 하고 더 나은 삶을 살기 위해 애를 쓰고 있으니까요.

여러분은 미래에 어떤 인생을 살고 싶은가요?
현재의 삶에 만족하며 안주하고 싶나요?
더 나은 미래를 향해 계속 나아가고 싶나요?
그러면 지금 무엇을 하고 있나요?

끊임없이 자신에게 질문을 던지면서 살다 보면 지금보다 더 나아질 거라 생각합니다. 저는 미래에 돈 걱정 없이 살고 하루 하루를 지루하게 살지 않았으면 좋겠습니다. 그러기 위해 목표를 세워서 하나하나 이루려고 노력하고 있어요. 물론 단시간에 이루기는 힘듭니다. 느리더라도 하나를 해 내면 그 다음, 또 그 다음, 그렇게 조금씩 성취의 기쁨을 맛 볼 수 있기 때문에 꾸준히 할 수 있는 것 같아요. 남들이 보기에는 성공한 것도 아니고 별 것 아닐지도 몰라요. 하지만 나 자신과의 약속을 지키고 해 냈다는 그 뿌듯함이 저를 계속 앞으로 나아갈 수 있도록 해 주는 것 같습니다. 이 모든 일들이 쌓이다 보면 미래에 정말 돈 걱정 없이 살 수 있지 않을까라는 기대도 살짝 하면서요. 돈을 쫓아 일하다 보면 금세 지치고 힘이 들어 오래 하지 못하는 것 같아요. 돈보다는 하고 싶은 일 그 자체만 보고 오래 즐겁게 할 수 있어야 합니다. 도전을 하고 싶은데 내가 이 일을 해서 먹고 살 수는 있을까라는 생각이 드는 순간 멈칫합니다. 저도 그랬으니까요. 머뭇거리는 시간 동안 누군가는 망설임 없이 쭉쭉 밀고 나가서 내가 시작하려 할 때 벌써 안정기에 접어든 사람들도 많았어요. 대단하다라는 찬사를 보내면서 한편으로는 부러운 마음도 들었고 질투도 났습니다.

지금하고 있는 나의 일상이 내일의 내 모습이며 10년 뒤, 20년 뒤 내가 있을 자리입니다. 〈아침에는 죽음을 생각하는 것이 좋다〉라는 김영민 교수의 책 제목을 보고 흠칫 놀랐던 적이 있어요. 그냥 그렇게 시간을 흘려버린 나날들이 스쳐지나 가면서 나를 돌아보았던 제목이었던 것 같아요.

가끔 주위에서 이런 사람들이 있습니다. 시간이 없어서요,

경제적 여유가 없어서 못해요. 그런데 그거 아세요? 전부 자신에게 하는 핑계라는 것을요. 저도 그랬습니다. 아이를 셋을 키우는데 나에게 쏟을 시간과 경제적 여유가 어디에 있냐고. 그럴 시간에 아이들 돌보고 맛있는 거 하나 더 먹이자는 생각말입니다. 하지만 하고자 하면 무슨 수를 써서라도 하게 되어있다는 사실, 우리 모두 알고 있어요. 다만, 마음과 생각이 제 각각 다른 생각을 하고 있을 뿐입니다.

항상 떠올렸으면 좋겠습니다. 지금 이 순간, 내가 있는 자리와 바꿀 수 있는 것은 지금 내가 무엇을 하고 있느냐라는 사실을요.

꿈을 꾸는 순간 경쟁자는

바로 내 자신입니다

1. 나에게 맞는 일을 찾아서

매일 같은 음식만 먹고 살라고 하면 인생을 사는 낙이 없을 지도 모릅니다. 맛있고 먹고 싶은 음식들이 주위에서 많은 유혹을 해 오니까요. 삶도 음식과 비슷한 것 같아요. 자신에게 주된 일이 있지만 항상 다른 곳에서 다른 일을 해 보고 싶은 욕망을 쉽게 버리지 못합니다. 취미 생활로 필라테스를 배우다가 자격증을 따서 필라테스 강사로 전업을 하는가 하면, 의사지만 웹 소설 작가를 겸업 하기도 합니다. 무엇을 좋아했는지, 무엇을 하고 싶었는지 잠시 잊고 있었던 가슴 속의 열정을 뒤늦게 아는 경우가 생각보다 많은 것 같아요.

저는 열심히 회사를 다녔지만 혼자 하는 일이 더 적성에 맞는다는 사실을 뒤늦게 알았어요. 그렇다고 '나 오늘부터 프리랜서 할 거야!'라고 선언하지는 않았겠지요. 홀로 일을 하려는 사람은 마음을 단단히 다져야 합니다. 처음 혼자 일을 해 보 겠다고 번역 일을 했었지만 노동 시간은 끝이 나지 않았고 들 어오는 돈은 적었습니다. 이 넓은 사회가 혹시 나에게 관대한 아량을 베풀거라 생각을 했던 것 같습니다. 새내기 프리랜서 에게는 폭풍처럼 시도 때도 없이 강한 비바람이 몰아치는 혹 독한 사회라는 사실을 미처 생각하지 못했던 겁니다. 자기 사 업을 하는 사람의 첫 번째 착각은 들어오는 돈이 백 퍼센트 자기 수익이라고 여기는 거예요. 그래서 더욱 더 좌절을 합니 다. 들어온 돈 중 일부는 세금, 전기세, 임대료 등을 제외하고 나야 비로소 내 월급이 된다는 사실을 잠시 잊었던 거지요.

프리랜서라는 매력적인 유혹은 또 다른 시련을 줍니다. 프 리로 일을 하려면 끊임없이 나를 세상에 알리는 홍보를 해야 해요. 직접 발로 뛰어다니면서요. 만나는 사람마다 내가 무슨 일을 하는지 말하는 일을 밥 먹듯이 해야 합니다. 그렇게 해 서라도 자신을 꾸준히 알려야만 기회를 하나라도 잡을 수 있 습니다. 잠시 쉬면 언제 잊혀질지 모르는 불안감에 머리를 싸 매고 고민을 하기도 합니다. 화려한 단어 '프리랜서' 뒤에는 홀로 자신을 책임지며 쓸쓸히 버티고 있는 이들도 많다고 말하고 싶네요. 문득문득 사직서를 가슴 속에 품고 다니면서 퇴사할 기회만 엿보던 그 시절이 그립기도 합니다. 그렇게 싫었던 회사지만 나를 위해 특별한 많은 것들을 해주고 있었거든요. 사회에서 살아남기 위한 몸부림을 치지 않아도 회사라는 안전한 보호막 속에서 시키는 일을 완벽하게 하면 되었으니까요. 그럼에도 나에게 맞는 프리랜서의 길을 가려는 이유는 나의 시간을 내가 관리할 수 있다는 점 그리고 하고 싶은 일을 할 수 있다는 점 때문이에요.

> "원하는 목표에 도달하기 위해 필요한 열정을 유지하고, 규칙적인 생활을 통해 건강을 잃지 않고, 착각에 빠지지 않기 위해 자기 객관화 능력을 키우고, 타인에게 크게 의존하지 않아도 되는 방식으로 삶을 꾸려나가는 일이 그 어느 때보다도 필요하다."
>
> – 〈공부란 무엇인가〉 김영민

꿈은 꾸준한 열정을 가지고 자신을 관리해야 얻을 수 있다고 생각합니다. 매일 노력하는 습관을 기르며 나에게 진정으로 맞는지 고민을 하다 보면 해 낼 수 있습니다. 아이들 셋이 제 정신을 쏙 빼놓더라도 하고 싶으니까, 꼭 그 날 해야겠다고 스케줄 표에 적어놓고 스스로에게 약속을 했으니까 하게 되더라고요. 독서 몇 페이지, 글씨 쓰기 몇 분, 글쓰기 몇 페이지, 서평 쓰기, 강의 준비 등 하나 하나 해 내고 있습니다. 하루의 계획이 흐트러지더라도 마감일은 지켜야 하고 강의 약속은 지켜야 하니 몸을 움직일 수 밖에요. 누가 뭐라고 하든 자신을 지키려고 노력만 한다면 자신이 원하는 삶을 살 수 있다고 생각해요. 매우 바쁘고 잘 나가는 사람이 될 수도 있지만 자신의 기준만큼만 달성하고 만족할 수 있는 삶을 이어가는 소소한 사람들도 있습니다. 저는 후자 쪽에 속해요. 나에게 맞는 길을 걸어가면서 소소한 인생을 길고 오래 살고 싶거든요.

2. 내 삶의 매니저를 자청합니다

"시간이 없어! 부족해!"

하루를 보내면서 '시간이 없어.'라는 말을 입에 달고 사는 것 같습니다. 아이들에게도 "시간 없으니 얼른 해야지."라고 말하는 저를 발견할 때가 많아요. 항상 바쁘게 움직이지만 저녁노을이 드리울 때면 '뭐 하느라 바빴지?'라는 생각이 매번 듭니다. 정신 없이 돌아다니기도 했고, 이리 저리 아이들 꽁무니를 쫓아다니기도 했어요. 겨우 시간에 맞춰 하던 일을 끝냈던 바쁜 하루였거든요. 자기 전에 책상에 바르게 앉아 오늘 하루 일과를 시간대 별로 정리를 해 봅니다.

아침에 눈을 뜨고 밤에 눈을 감을 때까지 온통 아이들에게 매여 있었습니다. 아이들 하루 일과가 곧 제 일과였죠. 하교

후에 번개 모임도 많았습니다. 오늘은 누구 집에서 놀고 내일은 놀이터에서 놀고 다음 날은 또 누구 집으로. 에너지 넘치는 아이들을 학원으로 일주일 내내 돌릴 수도 없고 친구도 사귀어야 하니 온통 아이들을 쫓아다니는 일이 제 일상이었어요. 그런 후, 집에 돌아 와 저녁을 먹이고 씻기고 나면 저도 탈진해서 아무것도 하기 싫어 텔레비전이나 핸드폰을 보다가 잠이 들어버렸습니다. '세상 모든 엄마들이 다 이렇게 아이를 키울 거야. 뭐 애 키우는 일이 다 똑같지.' 스스로를 이렇게 위로하고 다독이며 항상 시간이 없고 바쁜 일상을 바꿔보려는 시도도 하지 않았어요. 정말 시간이 없었던 걸까요? 저보다 더 바쁘게 사는 직장 맘들도 아이를 키우면서 자기 일과 가사까지 하는데 왜 저는 시간이 항상 부족했을까요? 어느 날, 아이들이 가장 좋아하는 문구점에서 시간대 별로 적힌 수첩을 발견하고 제 것도 하나 골라 왔어요. 책상에 앉아 제 시간을 한 번 시간대별로 적어보았습니다. 기본적으로 식사준비, 아이들 챙기기, 텔레비전 보는 시간, 핸드폰 사용하는 시간, 가사 등을 적고 나니 사이사이 비는 시간들이 꽤 있었어요. 남는 시간을 전부 합하면 자는 시간만큼이나 나오는 거예요. 하지만 그 시간이 30분, 한 시간 이렇게 무엇인가를 할 만큼 충분히 긴 시간은 아니었어요. 책을 읽기 시작해서 집중모드로 들어갈 쯤이 되면 아이들 챙겨야 할 시간이 돌아오거든요. 제대로 한 가지에 집중하기가 힘들었습니다.

1) 하루 일과 시간대 별로 적기

잠자기 : 7시간
삼시세끼 준비 및 뒷정리 : 6시간
아이들 학습관리(초등학생, 중학생) : 3시간
가사(청소, 빨래 등) : 2시간

이렇게 정리해 보면 하루에 6시간 정도의 여유 시간이 남았습니다. 아이들이 어리면 어릴수록 사실 여유 시간을 만들기 힘듭니다. 그래도 아이가 자주 아프지 않는 한 유치원이나 어린이 집에 다니기 시작하면 조금씩 시간이 생깁니다. 가사는 되도록이면 최소의 노력으로 최대를 뽑아내려고 노력합니다. 초보 주부는 힘들 수 있지만 숙달 되면 단순 노동은 금방 손에 익기도 하고 건조기, 식기세척기 등 다양한 전자 기기의 도움으로 충분히 줄일 수 있어요. 식구들이 다같이 나누어서 하는 것도 물론 중요합니다. 집안 일이 모두 엄마의 몫은 아니니까요. 여유 시간을 확보하고 나면 여유 시간을 덩어리로 나누어 봅니다.

2) 아침, 점심, 저녁 시간 덩어리 나누기

아침 : 식사준비, 빨래 돌리기, 청소, 글쓰기, 독서, 캘리그라피, 스토어 관리, 모임 등

점심 : 식사준비, 빨래 개기, 아이들 학습관리, 학원 픽업, 간식, 독서 등

저녁 : 식사준비, 독서, SNS 관리, 뉴스 시청 등

하루를 크게 쪼개보면 대충 이렇게 나옵니다. 저는 아침에 하는 일이 많은 것 같아요. 밤에 늦게 자기보다 아침에 일찍 일어나려고 노력하는 편입니다. 새벽시간과 아이들 학교에 가는 시간에 유일하게 혼자 있을 수 있기 때문이에요. 또 집중을 할 수 있는 시간이기도 하고요. 점심과 저녁에는 아이들과 함께 있으니 집중할 수 있는 시간은 거의 없습니다. 이렇게 시간을 크게 세 개 덩어리로 나눈 후 그 다음 세분화 시키

는 과정이 필요합니다.

3) 집중할 수 있는 시간과 자투리 시간 만들기

계획을 거창하게 세웠지만 시간대 별로 할 일을 정해 놓은 계획을 지키기는 어려웠어요. 계획대로 하다 보면 시간 내에 끝낼 수 있는 일도 있고 그렇지 못한 일도 있었으니까요. 차라리 30분이라도 집중할 수 있는 자투리 시간을 뽑아내자고 생각해 타임 워치를 사용했습니다. 30분을 맞춰놓고 그 시간만큼은 최대한 몰입할 수 있도록 했어요. 시간을 맞춰두고 하니 자꾸만 눈을 들어 시계를 보지 않아도 되었고 몰입도가 높아졌습니다. 때로는 계획을 지켜야겠다는 마음이 저를 무기력하게 만들기도 합니다. 오늘도 할 일을 다하지 못했다는 자책으로 내일 할 일을 힘차게 할 수 없도록 하게 하니까요. 그래서 주말에는 아무런 계획도 하지 않습니다. 주중에 못한 일을 이 때 하기도 하고 또 무계획으로 이틀을 보내고 나면 다시 주중에 계획을 지킬 힘이 생기더라고요. 너무 완벽 하려고 자신을 옭아매다 보면 지치는 날이 많아질지도 모릅니다. 연애를 할 때도 밀고 당기는 밀당이 중요하듯 계획도 적당한 밀당이 필요한 것 같아요.

　오늘 나는 무엇을 했는지 생각나나요? 시간대 별로 한 번 적
어 보면 일상이 조금 더 여유로워 질 거예요.

3. 엄마도 오늘은 밥하지 않을래요

예전에 직장 생활을 할 때는 주5일 근무를 하고 주말이나 공휴일에는 일을 하지 않았습니다. 주말에는 평소에 하지 못했던 것, 가보지 못했던 여행 등을 하며 억눌려 있던 마음을 실컷 쉬도록 내버려 두었던 기억이 나네요. 늘보처럼 꼼짝도 하지 않고 누워있기도 했고, 몇 시간씩 텔레비전과 한 몸이 되기도 했었지요. 꼭 휴일이 아니더라도 직장인들은 퇴근이라는 일정한 시간이 있어서 그 날 업무에서 일단 해방은 됩니다. 가끔 일과 휴식이 구분되던 그 때가 그립기도 해요. 이제는 코로나로 재택 근무를 하는 직장인들도 집에 있는 엄마나 아내의 마음을 조금이나마 이해할 수 있을까요? 아침 먹고 돌아서면 밥, 또 밥, 무엇을 좀 하려고 하니 간식거리 찾는 아이들. 매일 무엇을 먹을까 고민하는 일이 그렇게 힘들 수가 없습니다. 그러니 엄마들은 항상 24시간 대기를 자청할 수 밖에 없어요. 그래도 이제는 이런 일상들이 자리를 잡아 그러려니 하고 살고 있지만 가끔 견디기 힘든 날이 찾아 오기도 해요. 아무리 참을성이 많다고 해도 자신도 모르게 짜증 섞인 목소리가 나오거든요. 이런 순간이 찾아오면 제게 이렇게 말을 합니다.

'쉴 때는 쉬고, 놀 때는 놀자!'

집에서 일하는 엄마도 주말에는 쉰다고 선포를 해 보세요. 삼 시 세 끼 차리는 것도 잠시 내려 놓고요. "주말에는 엄마도 좀 쉬었으면 좋겠어."라고 기분 좋게 얘기하면 아이들이나 남편도 이해해 주었어요. 삼 시 세끼를 건강식으로 평일에 찾아 먹으니 주말에는 인스턴트도 좀 먹고 간단하게 시리얼을 먹어도 제 생각보다는 불평이 적었습니다. '진작 이렇게 할 걸.' 이라는 생각이 들면서 잠시 하던 일도 미루어 놓습니다. 저희 집에도 드디어 삼 종 세트를 다 구비해 놓아 가사일이 많이 줄었어요. 삼종 세트는 건조기, 식기세척기, 로봇 청소기를 말한다는 거 아시죠? 가사일에서 해방된 것은 아니지만 적어도 컵 쌓기를 할 정도로 컵을 내 놔도 짜증을 내지 않을 수 있고

화를 가라앉힐 수 있었지요. 이제는 숨 고르기를 하며 '그래, 식기세척기가 있으니 괜찮아.' 라고 저를 다독거립니다.

어떤 날은 집순이를 탈출해서 밖으로도 나가 봅니다. 아이들과 공원에 가서 한 바퀴 돌고 오기도 하고 달콤한 아이스크림을 먹으며 지나다니는 사람을 구경하기도 하면서 마음의 여유도 가져보네요. 그네를 타며 시원한 바람을 가르며 물 멍을 때리기도 하고요. 왜 이렇게 좋은 것을 여태 하지 않고 있었는지 모르겠어요. 예전에는 돈을 조금씩 모아 나에게 주는 선물이라고 물질적 보상도 해 본적이 있어요. 하지만 그렇게 산 물건들은 사용하지 않고 그대로 쌓아두는 경우가 많더라고요. 이제는 다른 방식으로 스스로에게 보상을 하고 싶습니다.

제일 먼저 집에서 주로 있기 때문에 밖으로 나가는 일이 제게 보상을 주는 거예요. 주로 여행을 가거나 산책을 가는 방식으로 말입니다. 장기 여행은 아무래도 시간과 돈이 있어야 하기 때문에 자주할 수는 없지만 당일치기 여행이라도 자주 하려고 해요. 또 전시회나 서점 나들이도 가끔 나가기도 합니다. 잠시라도 코에 바람을 넣고 오면 정체되어 있던 생각도

맑아지는 기분이 들고 짜증도 줄어들었어요.

그 다음으로는 규칙적인 일상을 깨버리는 시간을 갖는 거예요. 아침에 늦잠자기, 밥 제 시간에 차리지 않기, 머리카락이 바닥을 굴러다녀도 청소 하지 않기 등이 있습니다. 이렇게 하고 나면 다시 스케줄에 맞춰 규칙적인 일상을 버틸 에너지가 생깁니다.

오늘 하루만이라도 엄마가 아닌 나로 지내는 시간을 가져보는 것은 어떨까요? 아니면 일상을 깨는 일도 좋고요.
살면서 쉼표 하나 찍고 갔으면 좋겠습니다.

4. 나를 설레게 하는 일이 주는 대가

매일 같은 일을 꾸준히 하기는 생각보다 쉽지 않습니다. 그럼에도 열심히 꾸준히 하려고 노력합니다. 그렇게 하지 않으면 꼭 제 자신을 잃어버릴 것만 같은 불안함이 있기 때문이에요. 저만의 강박증이 어느 새 생겨버렸습니다. 그래서 가끔은 지칠 때가 있어요.

'계속해야 할까?'

문득 이런 생각이 들 때가 있지 않나요? 삶을 살아가면서 열심히, 꾸준히만 하는 일은 몸과 마음을 지치게 하기도 하니까요. 적당한 보상과 칭찬 그리고 계속 앞으로 나아갈 수 있도록 끊임없는 연결 고리가 필요한 것 같아요. 그래야만 꾸준히 할 수 있거든요. 실패를 해도 포기하지 않고 또 다시 시도 하는 이유는 뭐라고 생각하나요? 바로 도전할 새로운 과제가 기다리고 있기 때문일 거예요. 아직 나를 채우지 못해 목이 마르는 것일 테니까요. 내가 일을 해서 성과를 내고 있다는 점을 내 눈으로 확인하는 과정이 소중한 것 같습니다. 그래서 모든 일에는 적당한 보상이 꼭 필요합니다. 적든 많든 액수는 중요하지 않아요. 유치하지만 가끔 저도 가끔 아이에게 발끈 합니다.

"엄마도 일 하는데?"
"에이~엄마는 돈도 못 벌면서~ 얼마 버는데?"

아이들이 어리다고 생각했지만 벌써 경제 개념이 참 뚜렷 하죠?
돈, 꼭 벌어야 하나요?
좋아하는 취미를 그냥 하면 안되나요?

그래도 되도록이면 조금이라도 벌면 좋겠습니다. '사업가가 될 생각은 없는데요'라고 말할지도 모르겠어요. 네, 저도 사업 가가 될 생각은 없습니다. 하지만 적은 돈이라도 대가를 받으면 맡은 일에 조금 더 책임감을 가지는 것 같아요. 돈이 뭐라고 참 우습죠? 무언가를 배울 때도 그래요. 세 달에 4만원 내고 배우는 수업, 한 달에 10만원 넘게 주고 배우는 수업이 있다고 가정해보면 어느 수업에 사람들이 악착같이 나올까요? 바로 후자의 수업은 보강까지 받으면서 수업 일수를 채우려고 합니다. 돈을 받고 일을 하는 것과 무보수로 일을 하는 것의 차이도 바로 이런 것이라 생각해요. '어차피 무료로 해 주는 거니까 이만큼만 해도 되겠지.'라는 마음이 저절로 들게 됩니다. 그리고 무료로 의뢰하는 분들도 큰 기대를 하지 않습니다.

많은 대가를 말하는 것이 아니에요. 적어도 내가 일을 할 때 대충하지 않을 만큼의 보상이 따른다면 스스로의 실력도 한 층 더 나아지는 것을 알 수 있을 거예요. 저에게 재능 기부를 하라고 하면 정중히 사양합니다. 재능 기부는 정말 필요한 분들에게만 하려고 해요. 배우고 싶지만 형편이 어렵거나 도움이 필요한 분들에게 하는 것이 좋다고 생각합니다. 그래야 마음에 잔 찌꺼기가 남지 않거든요. '배울 수 있는 형편인데 왜 공짜로 배우려고 해?' 라는 생각이 머리 속에서 떠나지 않더라고요. 또 같은 분야의 사람들에게도 피해를 주는 일이기도 합니다. 잘나가는 사람이 재능기부를 하게 되면 조금 덜 잘나가는 사람은 어쩔 수 없이 보상 없는 일을 할 수밖에 없습니다.

　적절한 보상으로 그 이상의 실력을 발휘 해 나아간다면 한층 더 발전한 자신을 볼 수 있을 거예요. 그러니 조금이라도 좋습니다.

　돈, 벌면서 일하세요!

5. 최선을 다하고 나니 내가 궁금해집니다

얄팍한 꾀로 어려움을 모면하려고 한다면 결코 좋은 결과를 기대할 수 없습니다. 모든 일에는 한 가지씩 이루어가는 과정이 필요해요.

저는 책이라는 것을 내고 싶어 글을 쓰려고 했습니다. 오래 전부터 머리 속에 글을 쓰고 싶다는 생각을 품고 있었어요. 하지만 막상 글이라는 것을 쓰려고 하니 도대체 어디서부터 시작을 해야 하고 얼마만큼을 써야 하는지 감이 잡히지 않더라고요. 책 한 권을 내기 위한 분량을 알아보니 요즘에는 A4 용지로 100매를 쓰면 된다고 해요. 100매라니 누구 집 아무개 이름도 아니고 100매를 언제 다 쓰냐라는 생각이 제 머리를 '쿵'하고 때렸어요. 학교 다닐 때 A4용지 2~3매는 거뜬하게 썼지만 100매라니요? 헛웃음만 나오고 있을 수 없는 일이라고 생각했어요. 혹시 기억나시나요? 앞에서 말했던 일 나누기요. 100매 쓰는 일을 60일로 나누고 힘들면 90일, 100일로 나누니 하루에 한 장만 써도 되겠더라고요. 그래도 100매를 써 내기란 매우 힘든 일이에요. 왜냐하면 이 글 썼다가 다른 주제로 다른 글을 썼다가는 하는 일은 해 볼만 하지만 같은 주제로 소제목만 다르게 해서 쓰는 일은 여간 어려운 일이 아니었습니다. 그래도 죽기 전에 내 책 내는 게 소원이니 이제라도 해 보자 해서 도전했습니다. 처음에는 여러 사람들과 함께 글을 써서 책을 내는 것이 시작이었어요. 큰 서점에 제 이름이 들어간 책이 진열된다니 설레었죠. 각 자 4편의 글만 쓰면 되었으니 금방 써 질 줄 알았거든요. 하지만 그것은 제 착각이었어요. 초고를 쓴 후 퇴고의 과정을 거치면서 벽에 부딪혔습니다.

'글이 왜 이러지?'
'전부 고쳐야 할 것 같은데 다시 써야 할까?'
'그냥 보내버릴까?'

역시 글을 쓰는 일은 쉽지 않았어요. 읽으면 읽을수록 점점 제 글이 싫어지고 쳐다보기도 싫었어요. 정말 마음에 들지 않아 이쯤에서 책을 내지 않겠다고 말할 뻔 했습니다. 묵혀두었다가 다시 읽어도 끊임없이 고칠 부분이 눈에 밟혔거든요. 그래도 이번에 목표한 바를 이루지 못하면 영영 글을 쓸 수 없을 것 같았어요. 결국 탈고까지 해서 겨우 글을 완성했습니다. 넘지 못할 것 같았던 내 안의 벽을 한 계단 오르고 나니 뿌듯했어요. 벅차 오르고 눈물이 나는 격한 반응이 일어나는 대신 다른 글을 쓸 수 있는 힘을 얻었습니다. 하나의 벽을 뛰어넘고 나니 좀 더 긴 글로 공모전에도 당선을 할 수 있었고 이렇게 책을 내기 위해 책 한 권의 분량을 용기 내어 쓰고 있습니다.

책뿐 만 아니라 글씨를 쓰는 일도 그래요. 취미로 배우기 시작했지만 한 단계 한 단계 벽을 뛰어넘으니 조금만 더 올라가자라는 욕심이 생겼어요. 그래서 못쓰는 한글 글씨 좀 잘 써보려고 배웠다가 한글 캘리그라피를 다 배운 후 자격증을 따고 나서 영문 캘리그라피까지 배우게 되었습니다. 헤어나올 수 없는 늪에 빠져버리고 말았지요.

여러분 안에도 다양한 자아들이 살고 있을 거예요. 저도 이 것저것 해 보다 내 안의 또 다른 몇 명을 알게 되었거든요. 책을 좋아하는 자아, 글씨를 좋아하는 자아, 글쓰기를 좋아하는 자아, 게으른 자아, 화를 참지 못하기도 하는 자아 등 여러 명이 있었습니다. 스스로가 직접 무슨 일이든지 해 보기 전까지는 자신의 한계를 모릅니다. 마음의 계단을 밟고 올라서기 시작하면서 성큼성큼 그 한계를 뛰어넘는 것 같습니다. 한 계단을 올라가기 위해 내가 부서지도록 최선을 다해 올라가면서 수많은 나를 발견하기도 합니다. 때로는 내 앞을 가로 막고 서있는 두터운 벽들이 참 원망스럽기도 하고 왜 나에게만 이렇게 딱 버티고 길을 터주지 않는지 초조했었어요. 하지만 그렇게 두꺼웠던 이유는 반드시 있는 것 같아요. 바로 단단해지는 내 모습을 원했기 때문입니다. 처음에는 무작정 두드려 보기도 했고 그 다음에는 머리를 써서 좁은 틈을 비집고 들어가려는 편법도 써 보았어요. 그렇게는 벽을 뛰어넘을 수 없다고 벽 너머의 세상을 구경할 수 없을 거라고 포기한 채 내려다보기도 했습니다. 가고자 하는 길을 가는 사람들의 피땀을 겪지 않고서 앞으로 절대 나아갈 수 없다는 사실을 벽을 넘고서야 알았습니다. 벽은 서운함을 안겨주려고 나를 내쳤던 것이 아니라 단단해지기를 바랬던 거였습니다. 모든 일은 힘이 들수 밖에 없습니다. 그 뒷면의 일을 직접 보고 겪지 않고서야 어떻게 좋아 보인다고 말 할 수 있겠어요.

지금도 나에게 어떤 힘이 있는지 잘 모릅니다. 하지만 길을 가다 두터운 벽 하나를 만나면 만져보고 요리조리 살펴봅니다. 그리고 그 벽 뒤 세상을 만나기 위해 자신의 피땀을 쏟아 부으려 노력합니다. 그러면 반드시 웃는 날이 옵니다. 겁 먹고 뒤로 물러나지 말고 앞으로 똑바로 직진했으면 좋겠습니다. 벽 하나 넘으면 그 이상으로 못할 일이 없지 않겠어요?

6. 죽을 때까지 나에게
의미 있는 일을 하고 싶어요

'죽음'이라는 단어가 와 닿기 시작하면서 제 일상도 조금씩 변한 것 같습니다. 사람은 언제가 모두 죽지만 죽음을 생각하면서 살지는 않는 것 같아요. 저도 제 피부로 와 닿으면서 살았던 적은 별로 없었어요. 시간은 언제나 제게 호의적이라고만 생각했습니다. 그냥 그렇게 주어진 시간 속에 저를 맡겨놓고 살고 있다가 마흔을 몇 년 앞 둔 어느 날부터 '죽음'이라는 단어가 성큼 다가 왔습니다. 몇 살까지 살 수 있을지 모르지만 지금까지 인생의 절반 정도를 벌써 다 살았다는 생각이 들자 '시간'이라는 단어도 다시 생각하게 되었어요. 인생을 통으로 보면 의미 없는 날이 단 하루도 없을 거예요. 하지만 후회되는 날들은 있었어요. 조금만 더 노력했다면, 조금만 더 열심히 했더라면, 조금만 더 일찍 시작했더라면 이라는 후회들 말이에요. 아이들을 위해서 엄마로 하루 하루를 보냈지만 나를 위한 시간들은 하루 중에 단 한 시간도 없었거든요. 스무 살 때 생각했던 마흔 살의 나의 모습은 이런 게 아니었어요. 마흔 정도 되면 무엇인가를 이루었을 것 같고 돈도 많이 모아 놓았을 것 같았는데 현실은 아무것도 손에 쥔 것 없는 평범한 가정 주부였습니다. 가정을 이루고 아이들 엄마가 되어 있는 지금의 모습도 좋아요. 하지만 무엇인가 빠져있는 허탈감은 어떤 것으로도 채워지지 않았습니다. 사람들은 많은 이름으로 살아가지만 나라는 자아가 빠진 채 산다면 뒤늦게 번 아웃이 찾아오는 것 같아요. 시간이 나를 기다려 주지 않듯 저도 시간을 기다리고만 있을 수만은 없었죠. 저를 그렇게 흘려 보내기 싫었던 것 같아요.

여러분은 나중에 눈을 감는 순간 후회하지 않을 자신이 있나요?

저는 눈을 감을 때 '이걸 못하고 죽네.'라고 아쉬워하기 싫습니다. 죽을 수 밖에 없는 우리의 삶이기에 내가 진정으로 하고 싶은 일은 해 보고 싶거든요. 자신의 마음을 평화롭게 하고 뿌듯한 감정으로 마음이 채워지기를 바라고 있습니다.

사람마다 각자 나를 채우는 기쁨은 다를 거예요. 책을 읽는 것, 매일 아침 운동을 하는 것, 식물을 키우는 것, 드로잉을 하는 것, 글을 쓰는 것, 반려견을 키우는 것 등 수 만 가지가 있잖아요. 남들이 이야기하는 훌륭한 일이 아니어도 괜찮습니다. 나에게 가장 잘 어울리는 일을 하면서 씩씩하게 삶을 일구어 나가는 일, 그 자체 만으로도 멋진 일이라고 생각해요. 기왕이면 재미있고 즐거운 일들로 자신을 채웠으면 좋겠어요. 억지로 하는 일에 아까운 시간을 버리지 말고 좋은 습관을 길러보세요. 그 습관을 평범한 자신의 일상으로 채워 나가다 보면 삶이 아름다워지지 않을까요. 이 나이에 무슨 일을 할까라고 생각하는 사람들은 직접 해 보지 않아서 일 수도 있습니다. 이런 분들은 시간은 많은데 경제적 여유가 없어서, 할 형편이 안돼서라는 말을 가장 많이 하는 것 같아요. 그렇다 할지라도 아주 작은 일들을 좋은 습관으로, 내 일상으로 끌어들일 수 있습니다. 걷기 운동, 집안 정리 습관, 책을 빌려 읽기 등 돈을 들이지 않고도 스스로 부지런을 떨면 할 수 있는 일이 많습니다.

요즘은 뻣뻣한 몸을 일으켜 매일 스트레칭 연습을 하면서 조금씩 유연해지는 저를 느낍니다. 꼿꼿하게 앉아있지 못해 허리 병이 난 이후로 의식적으로 허리를 펴는 습관을 들이고 있습니다. 또 나에게 필요한 부분을 섭취하고 남기는 음식이 없도록 노력합니다. 남는 시간에 소파에 몸을 눕혀 쉬고 싶지만 책을 읽으려 합니다. 조그마한 습관들로 삶을 의미 있게 채우고 싶으니까요. 백만장자나 성공한 이들이 부럽지도 되고 싶지도 않습니다. 다만, 나 자신을 지키고 나에게 의미 있는 일을 할 때 느껴지는 열정과 즐거움을 잊지 않은 채 살고 싶습니다.

어제와는 조금 다른
'나'이기를 바랍니다

1. 오늘과 다른 내일의 '나'이기를 바라며

"자발성이 있는 사람, 스스로 동기부여를 잘하는 사람은 아무리 힘든 일도 거뜬히 해내곤 한다. 자발적으로 원하기만 한다면야, 백두대간을 행군하는 것이 문제랴, 번거로운 나물무치기가 대수랴. 강요 받았다면 결코 하지 않을 히말라야 산맥 등정이라 백일기도도 적절한 동기만 있으면 거침없이 해낼 수 있다. 반면, 강요 받으면 하고 싶은 일도 하기 싫어지는 법."

– 〈공부란 무엇인가〉 김영민

여러분은 스스로에게 동기 부여를 잘 하나요? 그리고 그것들은 무엇인가요? 제게 동기부여를 주는 일들은 세 가지 정도 있습니다.

첫 번째, 칭찬과 격려

두 번째, 정확한 목표와 구체적인 기한

세 번째, 창조적인 일

자신을 성장시키는 일은 거창하지 않아도 됩니다. 소소한 일상으로 자신을 성장시키는 사람들이 생각보다 많으니까요. 저는 어렸을 때 배우지 못해 한이 되었던 것 중 발레를 얼마 전부터 시작했습니다. 사실 굉장히 몸이 뻣뻣해 도전하기가 쉽지 않았어요. 두 다리가 일자로 벌어지기는커녕 90도로 만들기도 쉽지 않거든요. 그래도 어려운 동작을 하나하나 해 낼 때마다 칭찬을 받으니 더욱 열심히 하고 싶어졌습니다. 그렇게 조금씩 성장해 나가는 거라 생각해요. 뉴스에 나오는 사람들처럼 백만장자가 되어야만 성장했다고 할 수 없습니다. 가장 평범한 일상에서 자신을 천천히 채워나가는 과정 자체가 '성장'이라는 생각을 해 봅니다.

두 번째로 제게 주는 동기 부여는 정확한 목표 설정과 구체적인 기한을 잡는 것입니다. 주위에 기한이 있는 일은 하기 어렵다는 사람이 있기도 합니다. 마감일이 정해져 있으면 압

박감 때문에 일을 수월하게 하기 힘들다고 하더라고요. 하지만 저는 그 반대입니다. 기한이 있는 일은 좀 더 집중해서 하는 것 같아요. 예를 들어, 오늘 저녁에 무엇을 먹을까 고민하다 메뉴가 정해지면 시간을 정하고 그 시간 안에 만들어 냅니다. 언제까지 꼭 필요한 작업이라고 하면 그 때까지 해 주기도 하고요. 어떤 사람에게는 기한이 있는 일이 부담스럽고 잘 지키지 못한다고 하지만 저는 그 반대인가 봅니다. 사람마다 자신을 성장시키는 방법은 조금씩 다르겠죠? 단순 작업이지만 오랫동안 해 와서 장인이 되는 분들도 있고, 자신이 세운 목표를 하나씩 달성해 가는 기쁨을 누리며 성장하는 사람들도 있습니다. 또 칭찬을 하나라도 받으면 힘이 마구 솟는 저와 같은 사람도 있겠죠. 남들이 그냥 눌러주는 SNS 하트에도 기뻐하고 댓글이라도 달리면 신이 나라 답을 하니까요.

마지막으로 집중을 가장 잘하는 일을 할 때 스스로 성장도 하고 있다고 느끼는 것 같습니다. 그림을 그릴 때나 글씨를 쓸 때에는 몇 시간이 지나도 지루하지 않아요. 완성된 결과물을 보면 제 자신이 뿌듯하기도 하고 살아있음을 느끼기도 합니다. 또 스스로 원해서 하는 거라 더욱더 열정적으로 할 수 있는 것일지도 모릅니다. 결국 자신을 성장시키는 일은 남이 억지로 시키는 일이 아니라 스스로 선택해서 동기부여를 받아가며 해야 하는 것 같습니다.

오늘과 다른 내일의 나이기를 바란다면 지금부터 나를 성장시키는 일들을 찾아 열정을 한 번 불태워 볼까요?

2. 책에서 길을 찾습니다

1000권의 책을 읽으면 답이 보인다는 말이 있습니다. 정말 그럴까요? 언제 책을 읽어야겠다고 생각하시나요? 저는 머리 속이 복잡할 때, 강의를 듣고 싶을 때, 할 일이 생각나지 않을 때, 할 일은 많지만 하기 싫을 때 책을 찾습니다. 허기진 마음 을 책으로 달래고 나면 지쳐있던 마음을 다시 붙잡는 것이 한 결 수월해졌어요. 다른 사람에게 조언을 구할 수도 있지만 그 과정에서 살짝 실망감이나 상처를 받기도 합니다. 책은 그런 일은 적은 것 같아요. 나와 맞지 않은 책이면 책장을 덮어 안 보면 되니까요.

1000권의 책을 읽으려면 1년에 300권 정도 읽으면 욕심 내 서 3년이면 끝낼 수 있겠죠. 살아가면서 얼마나 많은 가르침 을 받아야 길이 보이는 걸까요. 정말 끝이 없는 것 같습니다.

평이하고 살랑거리는 봄바람 같은 일상이 이어지다가도 태풍이 몰아치듯 정신 없이 일상을 뒤 흔드는 날이 이어지기도 합니다. 산다는 것은 올라갔다 내려갔다 굴곡을 겪어내는 것일지도 모릅니다. 그렇게 살다 보면 어느 날 삶은 이런 거야 라는 정의를 내리는 때가 있지 않을까요?

"당신이 죽기 전에 반드시 읽어야 할 1000권의 책 같은 것은 없습니다. 그냥 당신이 읽고 싶은 책과 읽어서 즐거운 책이 있을 뿐이지요. 그리고 오랜 시간이 걸리는 일을 단박에 해치울 수 있는 속성법이란 것도 없습니다. 어떤 일을 해내는 데 세월이 필요하다면, 그건 긴 시간이 곧 그 일의 핵심이기 때문이지요."

— 〈밤은 책이다〉 이동진

언젠가는 삶과 이별을 해야 하는데 열심히 살 필요가 있을까라는 질문을 수없이 했던 것 같습니다. 지금도 무엇을 위해 사는가라는 질문은 멈춰지지가 않습니다. 이렇게 하루 하루를 헛되이 보내지 않기 위해 발버둥 치는 것이 의미 있는 일일까요? 삶이 어느 방향으로 흘러가는 지는 아무도 모르잖아요. 태어나면서 이 세상에 그냥 무방비 상태로 던져졌으니까요. 흘러가는 시간 속에서 나를 잡고 버티려면 지탱할 수 있는 무엇인가가 필요한 것 같아요. 저에게는 그런 것들이 책이라고 말할 수 있겠네요. 마음 속을, 머리 속을 헤집고 돌아다니는 의문들이 책을 통해 해소될 때가 많습니다. 어디로 가야할 지 헤매고 있는 나에게 길을 보여주니까요.

가끔 책장의 책 제목들을 훑어봅니다. 그러면 지금 내가 관심 가지고 있는 것들이 눈에 보입니다. 저도 모르는 제 마음이 골랐던 책들이 바로 제가 가고자 하는 길이었던 거죠. SNS가 주 관심사이었을 때는 그 쪽 분야 책들이 즐비하게 꽂혀있고, 마음이 심란하고 복잡할 때는 에세이 책들이 저를 쳐다보고 있거든요. 조금 머리를 똑똑하게 만들고 싶어질 때는 인문학 책이나 잘 읽지 않는 과학 분야, 미술 분야 등 지식을 얻을 수 있는 책들을 보게 됩니다. 살고 있는 공간에 책을 많이 가지고 있기가 힘들어 책 정리를 할 때면 깜짝 놀라기도 해요. '아니, 내가 이런 책을 샀다고?' 정리하다 말고 바닥에 주저앉아 한참을 들여다 봅니다. 그런 것 같아요. 내가 좋아하는 것들, 잘하는 것들, 하고 싶은 것들이 생각 나지 않고 무기력해질 때 내 손에 들려있는 책을 한 번 보세요. 바로 내 마음이 그곳에 이미 가 있는 상태이니까요.

지금 여러분은 어떤 책을 가지고 있나요?

3. 나라는 사람은 한결같지 않았어요

누군가 저에게 이렇게 말했습니다.

"너는 참 한결 같다."

칭찬일까요? 참 아리송한 말인 것 같습니다. 처음에 들었을 때는 칭찬처럼 들렸으나 시간이 지날수록 묘하게 머리 속을 떠나지 않는 문장이 되어 갔습니다. 이 말을 10년 전에 들었으니까 제게 콕 박힌 게 맞겠죠?

저 말을 들은 후부터 더 한결같이 살아야 할 것만 같았습니다. 저도 제 자신을 잘 모르는데 누군가는 저를 잘 알고 단정지어 말을 하다니 참 아이러니 했습니다. 사실 저는 한결 같은 사람이 아니거든요. 내 안에 잠자고 있던 화난 사자가 튀어나올 때도 있고, 소심한 누군가가 되어 한 마디도 못할 때도 있어요. 누군가에게 쫓기는 마냥 급하게 행동할 때도 있고 나무 늘보가 되어 어느 새 축 늘어져 느릿느릿 움직일 때도 있죠. 사실 제 안에 몇 명의 캐릭터가 살고 있는지 모르겠거든요. 여러분도 자신 안에 몇 명이 있는지 알지 못할 거라 생각합니다. 내 안의 수많은 자아들을 다 알고 있다면 자신이 하고 싶은 일도 쉽게 찾을 수 있을 것 같아요. 평범하다고 생각했던 내가 이런 것도, 저런 것도 할 수 있을 때 놀랍기도 하고 스스로 기특하기도 하잖아요. 하지만 누구나 평범하지만도 한결같을 수도 없다고 생각해요. 앞에서 말했듯 저도 제게 손재주가 있는지 몰랐습니다. 그리고 이렇게 글을 써서 출판을 할지도 몰랐고요.

우리가 살아가는 삶이 평평하게 쭉 뻗은 도로이면 정말 좋을까요? 그런 삶의 길을 걸어간다면 내 안의 나를 만나는 일은 없을 것 같아요. 하지만 한결 같은 사람으로 살 수 있을지도 모르겠죠. 한결같이 살기 위해 남들의 시선에서 '나'라는 사람을 맞춰가지 않았으면 좋겠어요. 시선에 얽매이다 보면 제대로 자신을 볼 수 없을지도 모릅니다. 한결같다는 말 한마디에 어느 새 그렇게 살고 있는 제 자신을 발견했거든요.

실패라는 두려움 때문에 사실 무언가에 도전하기가 두렵습니다. 그래도 저는 아이 셋을 낳아보니 두려움이 많이 사라지기는 했습니다. 아이 셋을 낳는 일도 한결같았던 시선을 깨는 일이었죠.

"자기가 아이를 셋이나 낳을 줄 몰랐어."
"결혼에 관심이 없을 줄 알았어."

저도 몰랐던 제 모습을 누군가의 시선으로 듣게 되었던 말들. 그래도 기분이 나쁘지 않았습니다. 여러 모습을 하고 있다는 말이잖아요. 다양한 일들을 하면서 여러 얼굴을 드러내는 제 모습이 싫지는 않습니다. 못하면 좀 어때요? 실패하면 또 어때요? 다른 길로 아니 다른 방법으로 계속 나아가기만 한다면 하나는 제대로 하지 않겠어요?

"그래, 너 그럴 줄 알았어."
"그래, 너 해 낼 줄 알았어."

꼭 이 말을 듣고 싶어 당분간은 한결 같은 사람이 되고 싶지 않을 것 같습니다.

4. 내가 살아있다고 느끼는 순간

공부는 학창 시절에만 하면 된다고 생각했었습니다. 고3 수능을 치를 때까지만 나 죽었다 생각하고 공부하라는 말을 많이 들었거든요. 버티고 버티면 공부에서 해방 될 거라는 생각은 착각이었죠. 마흔이 넘어서도 계속 공부를 하고 있으니 말입니다. 공부를 계속하는 이유는 무엇일까요? 그 때 그렇게 지긋지긋했던 기억이 남아 있는데 지금은 공부를 못해서 안달이니 참 아이러니 합니다.

아마도 지금은 꽉 막힌 울타리에서 벗어나 스스로 원하는 공부를 하니 만족감이 두 배가 되는 것 같습니다. 또 조금씩 발전하는 모습만으로도 작은 행복을 느낍니다. 하지만 때로는 이런 생각도 들어요.

'이쯤이면 더 이상 배우지 않아도 괜찮을 것 같은데.'
'언제까지 배워야 더 이상 부족함이 없을까?'

배우는 것 자체는 기쁘지만 가끔 이런 것들을 배워서 무엇에 쓸까라는 생각이 문득문득 듭니다. 대학을 들어갈 것도 아니고 돈을 벌 것도 아닌데 굳이 왜 배워야 하는지 깨닫는데 시간이 오래 걸렸습니다.

공부를 끊임없이 하려고 하는 것은 자신이 살아있음을 느끼기 위함이 아닐까요? 한 분야만 알다가 다른 것을 알았을 때 새롭기도 하고 또 다른 흥미를 가질 수 있었어요. 자신의 분야는 과학이지만 언어를 배우면서 알아가는 기쁨을 느끼기도 하고, 의사지만 글쓰기를 하면서 삶이 조금 더 풍성해지기도 하지요. 요즘 본 직업이 있으면서 다른 직업도 가지고 있는 사람들이 점점 늘어나고 있는 것을 보면 배움에 대한 욕망은 끝이 없는 것 같습니다. 진정으로 원하는 것을 배우면 지금의 현실이 싫어도 버틸 수 있는 역할을 하기 때문일지도 모릅니다. 저도 스스로 무기력하고 능력도 없다는 생각이 들 때가 있어요. 그러면 새로운 것을 배우기 시작해요. 못할 것 같앗지만 조금씩 발전하고 성장하는 제 모습을 보며 용기도 얻고, 이루어내기 위해 열심히 움직이는 스스로를 보면서 살아 있음을 느끼기도 합니다. 누구에게 보이기 위한 공부가 아니라 스스로를 위한 공부니까 원하는 바를 이루어내는 짜릿함이 한층 더 강해지는 것 같아요.

저는 나이가 들어도 공부는 끊임없이 해야 한다고 강조하고 싶어요. 점점 다른 사람의 말을 잘 듣지 않게 되고 마음의 문이 좁아지기도 하니까요. 또 예전에는 한 번만 보면 바로 이해했던 것들도 이제는 여러 번 익혀야 제대로 할 수게 되더라고요. 어린 아이가 하나씩 배워나가는 과정을 다시 겪는 것 같습니다.

공부를 하는 일은 누구에게 보여주기 위해서도, 많은 지식을 얻기 위해서도 하는 일이 아닙니다. 몇 살까지 살지는 모르지만 다양한 분야를 경험하는 일은 남아있는 삶의 자양분 역할을 톡톡히 하리라 생각해요. 차근차근 배우면서 실력을 묵묵히 쌓아온 사람은 언젠가 그 진가를 드러낼 날이 올 거라 믿어 의심치 않습니다.

기회가 왔을 때 덥석 물 준비가 되어있나요?

삶에는 여러 갈래의 길이 있고 항상 가능성을 열어두고 살아야 합니다. 준비가 되어 있지 않다면 물 밀 듯 밀려왔던 배들이 허위허위 멀어져 버릴지도 모르니까요.

5. 마흔이 되어서야

어느 날 '마흔'이라는 숫자가 섬뜩하게 다가왔습니다. 예전에도 '스무 살'이 되었을 때 무척 두려웠었어요. 고등학교 졸업 후 누가 뭐라고 하지 않았지만 이제는 혼자 무슨 일을 하든 내 책임이라는 생각 때문에 고민을 한참 했던 적이 있습니다. 어느 순간, 두렵고 무서웠던 그 때가 떠올랐어요. 저만 그랬던 걸까요? '삼십'이라는 숫자는 다행히 무사히 넘어갔지만 다시 '마흔'이라는 숫자가 다가왔을 때 한 해 한 해가 저를 압박해 왔습니다.

'너는 이제 앞으로 살 날이 살아온 날들보다 많지 않을지도 몰라.'

'아, 아무것도 한 게 없는데 이대로 살다 죽는 건가?'

'갑자기 무슨 일이 생기면 아이들은 어떻게 하지?'

제가 참 별의 별 걱정을 미리부터 한 것 같습니다. 그래도 그 때는 이런 질문들이 끊임없이 저를 괴롭혀서 하루 하루가 고달팠어요. '마흔'이 되면 몸도 예전 같지 않고 별 것 아닌 일에도 감정을 다스리기 힘들다는 지인의 말이 새삼 가슴 아프게 다가왔습니다.

삶을 부족하지도 지나치지도 않게 조화롭게 사는 방법을 터득하는 여정은 '마흔'에서 출발하는 걸까요? 화가 많았던 마음은 점점 온화해지고, 이기적이어서 남을 돌아보지 않았던 마음은 점점 너그러워집니다. 또한 갈대처럼 남의 말에 흔들렸던 마음은 확고한 자신만의 신념으로 자리를 잡아가기도 하지요. 더 이상 남의 시선을 신경 쓰지 않고 자신의 내면의 소리에 귀를 기울이게 되니 주변을 돌아보는 여유가 생깁니다. 또, 남을 미워하는 남을 미워하는 마음 대신 이해하려는 마음이 더 커져갑니다. 젊었을 때 순간의 화를 참지 못해 했던 행동들이 얼마나 많은지 얼굴이 화끈거립니다. 그때의 흑역사를 이겨내고 지금 이렇게 나이 들어 가는 길에 서 있는 자신이 미운가요 아니면 기특한가요.

인생을 두 번 살 수 있다면 다시 돌아가 잘못했던 모든 행동들을 바로 잡고 더 나은 인생을 살 수도 있을 텐데 안타깝게도 인생은 한 번 뿐입니다. 그래서 나이가 들면서 천천히 나쁜 행동과 습관들을 깨닫고 '사람'이 되어가는 것 같아요. 매일 아침마다 언제 닥칠지 모르는 죽음을 생각하면 일 분 일초를 헛되이 쓰고 싶지 않습니다. 기분 내키는 대로 행동하지 않고 상황을 멀리 내다보고 필요한 결정을 내리려고 하는 여유도 생기죠. 점점 이런 침착함과 노련함으로 길들여져 가는 모습이 나쁘지는 않네요. 젊었을 때 혈기 왕성한 열정이 줄어드는 대신 인내심과 지혜가 쌓여가고 있으니까요.

'마흔'이 되어서야 비로소 곁에 있는 사람들의 소중함도 천천히 알게 됩니다. 자신의 마음을 바로 보고 남을 들여다 볼 여유도 생깁니다. 삶은 혼자서 살 수 없다는 사실을 '마흔'을 넘기면서 조금씩 깨닫네요. 나와 맞지 않아 멀리했던 사람들 그리고 가까이 있는 사람들과 함께 어우러져 살아가는 일이 멀고 먼 길의 종착역 이라는 것을요.

6. 꿈꾸기에 늦은 때는 없다는 걸 알았습니다

"젊은 날은 목말랐고, 늘 조바심이 있었습니다.

나이가 들수록 성실성, 자신감, 배려, 평정심도 발달한다고

하지요.

침착한 낙관적으로 사태를 바라볼 수 있다는 겁니다.

웬만한 일은 다 겪어 봤으니까요.

중년은 사랑보다는 역시 공부하기에 딱 좋은 나이인 겁니다."

                                      - 〈우리가 인생이라 부르는 것들〉 정재찬

요즘 30대가 부럽습니다. 30대 때 활발하게 활동을 했더라면 40이라는 숫자를 두려워하지 않았을지도 모르지요. 40대 때 활동하면 50이 되어야 꿈에 조금 다가갈 수 있을까라는 생각 때문에 불안하기도 합니다. 20대 때는 항상 무엇에 쫓기면서 살았던 것 같아요. 무엇을 해도 잘 되지 않았으니까요. 물론

10대 때부터 꿈을 발견해 20대 때 정상에 서고 30대 때는 자신이 하고 싶은 진정한 일을 찾아 하는 사람들도 있습니다. 걸음마를 떼는 시기, 말을 하는 시기, 한글을 떼는 시기가 모두 제 각각이듯 자신의 꿈을 발견하는 시기도 다른 것 같습니다. 누구에게나 깨어나는 시기가 있는 걸까요. 누구는 은퇴를 하는 60대 때 비로소 자신이 하고 싶은 일을 시작하는 사람들도 있으니까요. 이것저것 기웃거리다가 하나가 걸려들 수도 있습니다. 그래서 어렸을 때 다양한 경험을 해 봐야 한다고 하는 거겠죠. 반면, 평생이라는 시간 동안에도 자신을 제대로 보지 못하는 사람도 많습니다. 기다려 주지 않는 시간이 야속하리만큼 나이가 들수록 시간은 빠르게 지나갑니다. 어느 날은 무엇을 하고 지냈는지도 모르게 벌써 잘 시간이기도 합니다.

 세상은 어른이 된 우리들에게 더 이상 당신의 꿈은 무엇이냐고 묻지 않습니다. 참 서글픈 일이죠. 10대 때는 12년간의 학교에서 공부를 하느라, 20대 때는 돈을 벌기 위해, 30대 때는 육아, 가사, 직장생활 등으로 정신 없다가 40대가 되니 이제는 꿈에서 저만치 멀어졌습니다. 장인들을 보면 한가지 일을 30년 이상 일한 분들이 많은데 이제야 꿈을 꾸는 것이 늦은 일일까요? 아닙니다. 꿈을 꿀 수 있습니다. 책을 읽다가 이런 분을 발견했어요. 76세에 그림을 시작해 101세까지 그림을 그린 애나 메리 로버트슨 모지스(Anna Mary Robertson Moses)라는 분을요.

더 이상 숫자, 시간, 장소는 장애물이 될 수 없습니다. 이런 것들은 핑계거리에 불과할 뿐이에요. 스스로를 조용히 바라보세요. 또는 종이에 적어보는 것도 좋은 방법입니다. 손으로 머리 속의 생각들을 하나하나 적어볼까요? 누구나 좋은 직업, 꿈을 가질 필요는 없습니다. 지금 하는 일에 만족하고 있거나 스스로 할 수 있는 일을 하고 있으면 그것으로 되었지요. 아무것도 하지 않고 생각만 가지고 있다면 한 번쯤 내면을 정리할 필요는 있는 것 같습니다. 내 꿈이 확실하다면 학교를 다니다가 자신의 길로 바로 방향을 틀어버릴 수도 있고, 잘 다니던 회사를 그만두고 진정으로 가슴이 뛰는 일을 향해 뛰어갈 수도 있습니다. 다만 '이건 아닌데.'라는 생각을 갖고 있으면서 현실 때문에 버티지 않았으면 좋겠어요. '나 지금 잘하고 있는 걸까' 라는 생각을 가지는 그 때가 꿈이라는 단어를 한 번쯤 생각할 때일지도 모릅니다. 또는 회사 일에 치여, 공

부에 치여, 집안 일에 치여, 육아에 치여 지쳐있을 때, 혼자 끼
니를 대충 때우다가 문득 떠오를 수도 있습니다. 자신을 찾고
원하는 것을 찾아가는 때는 정해져 있지 않습니다. 후회 가득
한 날에도 내가 좋아하는 일이 문득 생각날수도 있으니까요.

　꿈을 꾸기에 늦은 날은 없습니다. 언제 어디서든지 항상 꿈
을 꾸세요.

〈글에 인용한 책〉

책 제목	출판사	저자
결국 해내는 사람들의 원칙	반니	앨런피즈, 바바라 피즈
아침에는 죽음을 생각하는 것이 좋다	어크로스	김영민
공부란 무엇인가	어크로스	김영민
영향력을 돈으로 만드는 기술	천그루 숲	박세인
부지런한 사랑	문학동네	이슬아
이토록 공부가 재미있어지는 순간	다산북스	박성혁
우리가 인생이라 부르는 것들	인플루엔셜	정재찬
밤은 책이다	위즈덤하우스	이동진
아트인문학:틀 밖에서 생각하는 법	카시오페아	김태진

★ 지구를 위해 친환경재생지를 사용합니다.

이제야, 나답게

초 판 1 쇄   2022년 5월 20일
지 은 이   김민지
펴 낸 곳   하모니북

출판등록   2018년 5월 2일 제 2018-0000-68호
이 메 일   harmony.book1@gmail.com
전화번호   02-2671-5663
팩   스   02-2671-5662

ISBN 979-11-6747-050-8 03810
© 김민지, 2022, Printed in Korea

값 15,000원